集英社オレンジ文庫

君を忘れる朝がくる。

五人の宿泊客と無愛想な支配人

山口幸三郎

本書は書き下ろしです。

CONTENTS

イラスト／鈴木康士

君を忘れる
朝がくる。
五人の宿泊客と無愛想な支配人

林を抜けた先、湖の畔。

二階建ての瀟洒なペンションがひっそりと佇んでいる。

イギリスの建築家が建てた大正ロマンあふれる外観。白塗りの壁にグレーの三角屋根。

木のぬくもりを感じられる八つの客室。各部屋にユニットバスが付いているほか、露天の
貸切風呂を完備。アメニティが充実しており、ペットとの宿泊も可能。


ここは知る人ぞ知る癒しのペンション――【レテ】。


木々の香り、小鳥のさえずり、湖畔に吹く涼やかな風、そして。

この世のものとは思えない幻想的な花園が貴方の来訪を待っている。


（ペンション【レテ】ホームページ概要欄より抜粋――）

初恋の記憶

幼い頃から淵上隆介の『将来の夢』はサッカー選手だった。

走るのが得意なわんぱく少年にはありがちな夢。陸上選手でも野球選手でもなかったのは、イトコのお兄ちゃんが中学校でサッカー部に入部したと聞いたから。小学校に上がるとき同じように地元のサッカークラブに入会した。

彼はめきめきと上達し、少年サッカー界では県外からスカウトが来るほどの有名人になった。走って、蹴って、ゴールを決める。つらい練習に音をあげたこともあったけど、試合では必ずヒーローになれたのでサッカーが大好きだった。

スポーツで活躍すると、勉学において、ある程度優遇される。いくら成績が悪くても仕方ないと許してくれる。遅刻や欠席にも学校側は寛容になる。いいことずくめだ。そして何より嬉しいのは女の子にモテることだった。試合中にゴールを決めようものなら黄色い声援があちこちから飛んだ。敵側応援席からも飛んできた。同級生の友人たちがうらやましがり、優越感を覚えて調子にのって、さらなる活躍を重ねていく。

こうなると、もはやサッカーをしない人生はありえなかった。自分からサッカーを取り上げられたら何も残らない……とそこまでの意識はなかったが、これから先どこまでいってもサッカーをし続けている未来しか見えなかった。『将来の夢』は夢ではなく、現実のものになりつつあった。

「リューちゃんならなれるよ。Jリーガー」

幼馴染みで二つ年上の絵梨が振り返っていう。高校に入学して間もない隆介を、学校近くにあるスポーツ用品店まで案内したその帰り道でのことだった。

中学時代は若干疎遠になっていたけれど、またこうして同じ学校に通うことになり、これからはきっと登下校を一緒にすることになるのだろう——期待はふくらみ隆介の頬はずっと緩みっぱなしであった。

「あはは。嬉しそう」

それはそうだ。初恋相手に持ち上げられて嬉しくないわけがない。

「うちのサッカー部で活躍して、プロ契約を結んで、そしてゆくゆくは日本代表ね！」

ちっちっちっちっ、とキザっぽく指を振る。

「違う違う。俺は日本のチームに収まる器じゃないぜ。ゆくゆくはヨーロッパのクラブチームに移籍して得点王になるんだ！」

「うん。でもまずはJリーグからね。国内リーグで活躍するか日本代表にでもならないと海外からまず注目されないし移籍なんて夢のまた夢だよ。私、これでも勉強したんだから」

絵梨は胸を張り、野望に水を差された隆介は思わず渋面をつくった。

「夢のまた夢って……。絵梨姉ちゃんにサッカーの何がわかるんだよ？」

どうせオフサイドのルールすら知らないだろうに。

「えー？　これでも結構高く持ち上げたつもりなんだけどなー。日本代表だってそんなに簡単になれるもんじゃないでしょ？　ていうか、プロになるのだって大変なのに」

「俺がプロになるのは既定路線だから！　日本代表も！」

「わあ、すごい！」

くすくす笑い、小さく拍手する。むう。褒められるのは嬉しいが度が過ぎると子ども扱いされたみたいで面白くない。

昔から世話焼きで、いつでも弟扱いしてくる絵梨に、隆介は複雑な思いを抱いていた。

通学区域内にあってサッカー部が強い高校は限られてくる。ほぼ必然的に選んだその高校に、なぜか絵梨が先に入学していた。学力だけで見れば絵梨ならもっと上の高校を狙えたはずなのに。

理由を聞けば、女子の制服が可愛かったから、だそうな。

絵梨が先回りをして隆介の手を引っ張るのは昔からの習慣だった。今日のこともそう。スポーツ用品店の場所を絵梨は前もって調べており、迷わぬよう転ばぬようにと隆介を先導した。その過保護にも思える振る舞いに、隆介は絵梨の本心を測りかねていた。はたしてこれは単なるお節介なのか、それとも——。

「でも、本当にすごいことだと思うよ。リューちゃんの場合、全部ありえそうな話だもんね」

「ありえそう、じゃなくて、絶対なんだって！　俺、これからもいっぱい練習するし。口先だけじゃないってトコ見せてやるから！」

さっき買ったシューズの箱を袋の上から、ぽん、と叩く。入学祝いに新調したものだが、それは隆介にとって夢を叶えたいという決意の表れでもあった。

「うん。見てるね。これからもずっと」

「絵梨姉ちゃん？」

声のトーンが若干下がった気がした。絵梨の顔を窺うと、わかりやすく暗い表情を浮かべていた。

「どうかしたの？」

「え？　あ、ごめんごめん！　なんでもないの」

「なんでもないってことないだろ？　いきなりテンション下げてるし。気になるって」

「あ、あはは」

一度下げたテンションはすぐには戻らない。愛想笑いは失敗し、かえって痛々しいものに見えた。

観念したのか、絵梨は素直に言葉を吐き出した。

「私ね、小さい頃ピアノ教室に通っていたの」

「知ってるよ。発表会だって観にいった」

「覚えてたんだ」

「馬鹿にすんなっての。いくら頭悪くったってそんくらい覚えてるよ」

といっても観にいったのはその一回だけだった。隆介は隆介でサッカーの試合がほぼ毎週のようにあったから、絵梨のピアノ発表会を観にいく機会がほとんどなかったのだ。絵梨の口ぶりからピアノをとっくにやめていたことを今はじめて知った。

「小学校の高学年くらいかな。ピアノやめたの。全然上達しなくって。やってもやっても下手っぴなままだったから、親に月謝払わせ続けているのが申し訳なくなって」

「は？　全然下手じゃないじゃん。発表会で聴いたとき、うめえ、って思ったよ？」

「ピアノ弾いたことないひとからしたらそう聴こえるんだろうけどね。でも、経験者の中で私は大したことなかったんだ。私より後から始めた子がぐんぐん上達していくのを見たことある。才能があるってああいうのをいうんだなって、小学生の私は気づいちゃったの。それでポッキリ心が折れたんだ」

隆介は居たたまれない気持ちになる。スタメンを隆介に奪われてサッカークラブをやめていった先輩の背中がふいに思いだされた。

「もちろん才能だけじゃないってわかってる。その子だっていっぱい努力したと思う。でもね、同じ量の練習をこなしても成長の度合は同じじゃないんだ。その差がいわゆる才能なんだって思うんだ。そういうの持ってるひとは素直にすごいって思っちゃう」

リューちゃんもその一人だよ、と付け加えた。

「ぐんぐん上達していって、ずんずん先に進んでいっちゃう。同じ場所に立ってるのに、もう別の世界を眺めてる」

そして、絵梨は目を遠くにした。

「普通のひとと歩幅が違うから、並んで歩けないんだよ」

「歩幅？」

「こっちのペースに合わせてたら遅くなっちゃうでしょ？」

「……えっと」

たぶん、才能ないひとに合わせてたら上達しなくなるってことなんだろうか。

言わんとすることを理解した瞬間、目に見えない線を引かれたことに気づいた。

「私がしてあげられるお節介はこれが最後かもね。リューちゃんならすぐに全国区のスター選手になれるだろうし、海外留学なんかもしちゃって。そしたら本当に向こうのクラブチームと契約結んできちゃうかも。ね？」

「う、うん……」

絶対なると豪語していたのに、絵梨の口から聞かされると途端にその夢が寂しいものに感じられた。隆介ひとりだけが知らない世界に放り出されるような錯覚を覚える。

「私はさ、この先普通に大学いって、地元の会社に就職するんだ。で、仕事から帰ってきたらリューちゃんの活躍をテレビで観るんだよ。リューちゃんが有名人になって嬉しいんだけど、ちょっとだけ寂しくて。でも、それが当たり前なんだっていつか慣れていっちゃうんだ」

隆介だって自分が有名になって活躍する姿を何度も妄想した。妄想の中でも、世間からちやほやされながらも、帰る場所は決まって、いま住んでいる家だった。

そして、必ず出迎えてくれるのは絵梨なのだ。

「なんか不思議な気分。リューちゃんここにいるのに、もう遠くにいる気がするよ」

やめろよ。勝手に俺だけ追い出すなよ……。

なんでそばにいない前提なんだよ。

そんなの想像すらしたことないのに。

「？　リューちゃん、どうしたの？」

先に高校生になった絵梨が大人に見えて、反対にガキっぽい自分が恥ずかしくなり、それもあって中学時代はますますサッカーに打ち込んだ。

女の子にはモテたけど、本当に好かれたかったのはただひとりにだけだった。

ようやく同じところに立てたのに、……並んで歩けないなんていうなよな！

「既定路線だから！　日本代表も！　絵梨姉ちゃんも！」

「は？　え？」

歩幅を合わせたら遅くなるだって？　上等だコンチクショウ！

そんときは絵梨姉ちゃんのほうを引っ張っていってやる！

「あのさ、ずっと隠してたんだけど、実は俺、絵梨姉ちゃんのことが――」

＊　＊　＊

それは半ば都市伝説のようなものだった。

都市伝説というと、一般的に、人や企業やその土地で本当に起きた（とされる）出来事が、『友達の友達』といった特定できない誰かによって口伝えに広まったものを指す。怪談や陰謀論めいたものが特に多いが、この話も内容自体は荒唐無稽なものだった。

〝とあるペンションにまつわる奇妙な体験談である。

そこは日本有数の避暑地であり、外来の居留者が多いこともあって西洋風の家屋が建ち並んでいた。件のペンションもまたイギリスから移築されたものだという。

観光地から外れ、雑木林を抜けた先に湖があり、ペンションはその畔にあった。

夏のシーズン真っ盛り――にもかかわらず、そのペンションに客足は少ない。ペンションは会員制で、宿泊するには既存利用者からの紹介が必要であった。

厳しい条件をクリアし宿泊まで漕ぎつけた利用客は、なんの変哲もない客室に通される。夕食を楽しみ、静かな一夜を過ごす。ただ、一つだけ不思議な出来事が起きるとされている。それは、ここで一夜を明かすと記憶を奪われるというものだった。

奪われる記憶は利用客が捨てたいと願った思い出。

翌日には忌まわしい記憶から解放された利用客が晴れ晴れとした顔でチェックアウトしていくという〟

それは半ば都市伝説のようなものだった。

半ば、と断ったのは都市伝説の要件を満たしていない点があるためだ。

というのも、この話は『友達の友達』というふうに特定できない誰かから伝わってきた曰く（いわ）ではなく、出処（でどころ）がきちんと判明しているのだ。そしてもう一つ、実際に真偽を確かめにいくことが可能であった。

宿泊すればいいのだ。この〝とあるペンション〟に。

その資格を取得するのが面倒なだけで、言うほど無理難題ではない。

うまくツテを辿（たど）ることさえできたなら――。

「おお、おおお……！」

メールの受信箱に新着メールが届いていた。その差出人を見て、思わず唸（うな）る。

「どうした、淵上君？　変な声出して。何かあった？」

トレーナー専用の更衣室で奇声を上げた隆介に、同僚からの視線が集まった。

「あ、いや、なんでもないっす！」

何かやましいことでもあるかのようにすぐさま見ていたスマホをポケットに仕舞った隆介は、着替えもそこそこに上着や脱ぎ散らかしたジャージをバッグに乱暴に詰めて急いで退室した。

「お疲れさまでしたーっ」

うーい、おつかれー、という声が方々から上がる。が、上がったときにはもう声は更衣室の扉に遮られていた。

　逸る気持ちを抑えつつ、足早に職場であるフィットネスジムから遠ざかる。すぐにでもスマホを取り出して再度確認したかったが我慢した。もっと落ち着いて見られる環境に身を置かないと、注意散漫になって車道に飛び出しかねない。あと、できれば顔見知りに目撃されるリスクを減らしたかった。メールの内容がどうであれ、一喜一憂しているところを見られたくなかったのだ。陰で何をいわれるか、わかったものじゃない。もっともジムトレーナーの同僚は気持ちのいい連中ばかりなので心配はしていないが……あくまで隆介の側の問題である。培われた被害妄想は数年程度では払拭されない。

　かつてはサッカー日本代表に選出され、日の丸を背負ってオリンピックでも活躍したスター選手が、怪我をきっかけに現役を引退。その後、離婚と失業の憂き目にあう。世間の注目をそれなりに集めたし、あることないことネットに書かれ、かなりの期間外出するのが恐かった。あれから二年、暮らしが落ち着いてきたとはいえ、……いや、だからこそ、いつあの騒ぎが再燃するか気が気でなかった。

　街を歩くときは、仕事帰りであろうとも、なるべく人気のない道を選んだ。誰もがジャーナリストになれる時代だ、どこで誰が監視しているかわからなかった。マスコミは恐い。スマホを持った一般人はもっと恐い。歩きスマホをする若者が視界に入るたびに体が強張った。これはもう病気といって差し支えないだろう。いつしか駆け足となり、隆介は逃げ込むようにしてアパートへと帰宅した。

「……ただいま」

出迎える声はない。パチン、と電灯のスイッチが虚しく響く。

狭い1DK。食事用の座卓と寝具のほかには衣装ケースしかない殺風景な部屋。テレビやパソコンはもちろん、観葉植物すら置いてない。寝るか食うかしかすることがなく、たまの休みの娯楽はといえばスマホでゲームをするくらいだ。部屋が主のひととなりを雄弁に語っていた。

これがいまの淵上隆介のすべてだった。

サッカー選手でなくなった途端に只のひとになった。いや、もしかするとそれ以下かもしれない。他人の目が気になって、再就職したフィットネスジムで客である会員の相手をするたびに蔑まれたり同情されたりしている気がした。ジムトレーナーという仕事がプロのサッカー選手より下だとは思わないが、世間はそういうふうに見てくれない。『栄光からの転落人生』『哀れな末路』『孤独な元エースストライカー』といいたい放題書いてくれた週刊誌から嫌というほど学ばされた。——淵上隆介は人生の落伍者である、と。落伍者なら落伍者なりの生活というものをせねばならず、強迫観念に衝き動かされるように質素な暮らしを徹底した。友人と飲みにいくことさえ我慢した。贅沢なんてもってのほかだ。それでまた……何をいわれることか。

母親から「帰ってきたら?」とメールをもらうことが多々あった。最初は丁寧に断っていたが、だんだん返信するのが億劫になり、いつしか連絡を絶ってしまう。痺れを切らしたのか直接訪ねてきた母に「死んだかと思ったじゃない！」と泣かれたこともあったが、正直あれには参った。死ぬ気は毛頭ないのだ。精神的に追い詰められていることは自覚しているが、それでもなんとかやっていける自信はあった。

自信、というか。逃げては駄目だろう、という責任のようなものだが。

——俺は一生こうでなきゃならない。俺は所詮こういう人間なんだから。

輝かしい思い出も過ぎると今の生活に暗い影を落とす。惨めさが増す。いっそ過去の栄光ごとなくなってくれたらと願わない日はなかった。そしたら、そのとき隆介は落伍者からただの一般人に格上げされるのに。そしたら、誰も好き勝手報道しなくなるのに。

過去を消すことはできない。ならせめて——あの日々の記憶を消し去りたい。

「記憶を奪ってくれるペンション……か」

その都市伝説をはじめて知ったのはまだ現役の頃だった。

当時は面白い話だと思ったが、選手として全盛期だったこともあり、それまであった後悔や挫折も全部受け入れていて、失くしたい記憶なんて何一つなかった。つらい記憶も自分を強くする糧だと本気で思っていた。幸せ者だったのだ。だから、面白がるだけ面白がって、翌日にはすっかり忘れてしまった。

そして怪我をし、引退を余儀なくされ、人生の落伍者としてひっそりと暮らすようになって二年弱——丁度三ヶ月前にふと思いだしたのだ。

その話を教えてくれたのは隆介をスポンサードしていたシューズメーカーの広報担当者

だった。「本当にあった話なんだけどね」というありきたりな前振りから語られた都市伝説だ、普通に考えたらガセだとわかるし、隆介自身も頭から信じていたわけではなかったから、久々に連絡を取った広報担当者と思い出話に花を咲かせたついでに「あーあ、あの都市伝説が本当だったらいいのになあ」と愚痴っぽくいってみたのだった。すると、広報担当者は『本当にあった話っていったと思うけど』と憮然とした声を返してきた。

『――既存利用者の紹介がないと泊まれないんだけど、運がいいことに、かつて利用したっていうスポーツ選手の知り合いがいてね。その人から紹介できると思うよ。あ、でも、一応デリケートなことだからそのスポーツ選手の名前は伏せるね。紹介者と面識がなくても泊まれるかどうかは賭けになってしまうけど、それでもよければ話つけておくよ?』

一も二もなく飛びついた。からかわれているだけかもしれないという懸念もあったが、笑われるだけで済むならそんなものはリスクとはいわない。そんな心配より本当であってほしいという願望のほうが勝った。広報担当者には電話口でお願いした後、メールで重ねて依頼した。

そして今日、その返信がついにきた。

差出人に広報担当者の名前。件名には『例のペンションの件について』とあった。

「ふー……」

緊張する。スマホをタップする指先が震える。

そうして開封したメールには次のようなことが書かれていた。

『お疲れ様です。

以前、頼まれていたペンションの件です。

単刀直入（たんとうちょくにゅう）に。紹介が認められました。

淵上君もそのペンションに泊まることができます。

紹介者から話は通してあるそうなので、淵上君から直接ペンションに連絡して宿泊予約をしてください。ペンションの連絡先は添付ファイルに記載してあるので確認してください。（紹介してもらうに当たって淵上君のことを紹介者に話してしまいました。事後報告になってしまい申し訳ないけど、大丈夫だよね？）』

＊

最寄りの駅からバスで三十分、車だと二十分の距離にある高原地。駅前の賑（にぎ）やかさとは打って変わってしっとりとした静けさに包まれた。背の高い木々に囲まれた小道の両脇に、ぽつぽつと洋館が建ち並んでいる。ここらがいわゆる別荘地なのだろう。脇道は石畳（いしだたみ）が敷かれ、その表面を木漏れ日（こもびれ）が道標となって訪れるひとを手招いている。さやさや。風が見えるようだ。やさしい風。避暑地であるのでひんやりとした冷気が漂うものの、不思議と不快な感じはしない。むしろ心地いい。ここの空気は澄んでいる。いつまでもその場に立っていられる気がした。

「そのペンションならここの林道を抜けた先にありますよ」

タクシーの運転手が教えてくれた。ここから先は車の進入が制限されていた。湖に繋がっているらしく、環境保全のためという話だった。徒歩でも大した距離じゃないとのことなので、散策気分でゆっくり歩いていく。

林道はそれまでの小道と違い、木々が陽射しを遮るくらい鬱蒼としていた。冷気も肌を刺すものに変わり、不快とまではいわないが心地のいいものとはいえなかった。

なぜだろう、この道が異世界に続いていそうな気がする。

現世から隔絶されていく錯覚を覚える。

心をざわつかせる静寂に、自然と歩みも早くなる。

しばらく行くと、薄暗い道の向こうに光が見えた。林道の終着点だ。はたして、林を抜けたそこには広大な湖が広がっていた。湖水に立つさざ波が青空を揺らしている。畔に沿って囲む森林の緑が瑞々しい。小鳥のさえずり。大自然の香り。――少し安心した。きっとこの世のものとは思えない光景が広がっているものと予想したが、なんていうことはない。ただの綺麗な景色だ。想像を超えることはない。

「期待しすぎちゃってんな、俺……」

独りごちて頰をかく。指先が緊張で震えていた。

湖をぐるりと回りこむようにして畔を歩いていると、一軒の洋館に辿り着いた。

白塗りの壁にグレーの三角屋根。大正ロマンあふれるレトロな佇まい。まるで海外の絵本から飛び出してきたかのような趣ある建物だった。都市伝説のことがなくても一度は泊まってみたいと思わせる外観である。

でも、――素敵な建物だけど『普通』といわれればこの上なく普通だ。お洒落なペンションなんて避暑地にならいくらでもあるし、ここに来るまでの道中にもいくつか見かけた。そりゃ、曰く付きだからといって外観までおどろおどろしいものにする必要はないけれど、こうも平凡さが際立つと都市伝説そのものまで疑わしくなってくる。

「ここでいいんだよな……？」

スマホの地図アプリで確認する。間違いない。というか、湖畔のペンションはここしかない。手作り感あふれる木製看板に刻まれたペンション名も聞いていたものと合致した。

玄関の前で尻込みしていると、背後で土を踏む音が聞こえてきた。

振り返ると、小学校低学年くらいの女の子と目が合った。首をかしげながらこちらに歩いてくる。

「あの、もしかして、今日ご宿泊予定のお客様ですか？」

白いワンピースを着た、黒髪セミロングの少女。下にデニムパンツを穿き、ピンクの突っかけサンダル姿だったが、背後にきらめく湖が重なったせいでそこから現れた妖精か何かかと思った。

「え？　……あ、きみ、ここのひと？」

我にかえって訊ねると、女の子は顔を輝かせて大きく頷いた。

「はい！　このペンションの従業員をしています、遠野多希です！　いらっしゃいませ、お客様！　遠路はるばるようこそお越しくださいました！」

ハキハキと挨拶し、仰々しくお辞儀をした。

従業員。この子が？　こんな小さな子を働かせているのか。

「どうぞ中に入ってください。あっ、もしかしてドア締まってました!?　すぐに開けますね！　ええっと、鍵、鍵、鍵は、っと――あった！」

「ああいや、いま着いたばかりなんだ！　入れなくて困っていたわけじゃなくて。だから、そこのドアもたぶん開いてるんじゃないかな」

「え、あ、そうなんですか!?」

ポケットから取り出した紐付きの鍵をおずおずと仕舞いなおす。早とちりしたのがよほど恥ずかしかったのか耳まで真っ赤だ。誤魔化すように愛想笑いを浮かべる。

「ここの子供？」

「はい！」

……まあ、普通に考えればオーナーの子供だよな。家族経営なのだろう。

「あ、お荷物お持ちします！」

「そこまでしなくていいよ。ありがとう。お手伝いご苦労さま」

労いの言葉をかけると、満面の笑みで「えへへー」と照れて身をくねらせた。元気いっぱいでお行儀も良くて表情豊か。見ていて楽しくなる子供だ。

「愛文ーっ！　お客様がお見えですよーっ！」

叫んで、玄関ドアに張り付いた。ドアはやはり鍵が掛かっていなかったようで、多希が力を込めると来客ベルを鳴らしながら軽やかに開いた。

手提げ鞄を持って白い少女の後についていく。

記憶を奪うというペンションに、淵上隆介はついに足を踏み入れた。

玄関を潜ったとき、多希が歌うように歓迎してくれた。

「ようこそ！　花と湖畔のペンション『レテ』へ！」

＊

上がり框で靴を脱ぎ、スリッパに履き替える。目の前にはフロントがあり、右手にロビーラウンジ、左手は食堂と階段に繋がる通路になっている。フロントには誰もいなかった。

「ここで受付？」

「はい。そうなんですけど……少々お待ちください」

多希が呼び鈴を鳴らすが奥からひとが出てくる気配はない。まったくもー、と溜め息をこぼす。多希は隆介に向かって、呼んできます、と一言断りフロントの奥にある部屋へと進んでいった。

「愛文ーっ！　お客様がお見えだよーっ！　もーっ、愛文ってばーっ！　どこーっ!?」

　多希がいなくなった瞬間、館内が、しん、と静まり返った。

　ひとり取り残されて、手持ち無沙汰に周囲を見渡す。靴箱には隆介の物も含めて四足の下履きが収まっている。多希が履いていた突っかけサンダルと、それよりも大きめのサンダル、それに女性用と思われるスニーカーが一足ずつ。従業員（多希とオーナー夫婦）が宿泊客を見送る際に履く靴だと思われる。宿泊客は今のところ自分だけのようだ。

　背中がぽかぽかと温かい。後ろを見上げると天窓から陽射しが柔らかく差し込んでいた。天井は高く、立体的に交差する梁が室内の明るさを調節する。

　フローリングの床。梁や柱。いたるところに木目が見える。微かに木の香りがするのはどうやら気のせいではないらしい。

　心が落ち着く。少し腰掛けたくなって椅子を探した。右手にはロビーラウンジ。すぐに目についたのは壁際に設置されたピアノ。背の低い本棚。引き寄せられるようにロビーに進むと、部屋の隅に暖炉が見えた。ロッキングチェアーもある。いい。くつろぐにはもってこいの空間だ。

　奥の暖炉に気を取られてしまい、手前にあったソファにまったく注意を向けていなかった。丁度玄関から死角になっていたこともあって、隆介はソファに足をぶつけてようやくそこに座っていた人物に気がついた。

「わあっ!?」

「ひぇあああ!?」

互いに声を上げていた。素っ頓狂な奇声は、驚いた拍子にソファから滑り落ちた女性の口から出たものだ。女性は四つん這いの姿勢のまま慌てて隆介から距離を取った。

「だ、誰ですか!?　誰なんです!?」

ついでに掛けていた眼鏡まで落としたようで、目を細めて隆介を見上げながらも両手は床の眼鏡を探していた。どうやら裸眼だとかなり視力が悪いらしい。おっかなびっくりしている女性には悪いが、使い古されたコントを見ているようで面白かった。

やっと眼鏡を探し当てると、眼鏡を掛け直してこちらを向いた。

「…………、ふッ!?　ふふふ、淵上隆介!?」

そして、またもひっくり返った。今度は眼鏡を落とさなかったが、勢いよく尻もちをついて、見るからに痛そうだった。なんだか申し訳なくなってくる。

「ほ、本物!?　本物の淵上隆介!?　あの日本代表の？」

思わず苦笑した。

「ええ、まあ。本物の淵上隆介です。元日本代表の」

卑屈っぽい自己紹介をしてしまう自分に心底嫌気が差した。

女性は丸川千歳（まるかわちとせ）と名乗り、深々と頭を下げた。

「ごめんなさい。私、さっきまでうとうとしてて、急に有名人の顔が目の前にあったものだからつい叫んでしまって。失礼いたしました」

「気にしないでください。指差されるのは馴（な）れてますから」

週刊誌報道が過熱していたときは、どこへ行っても後ろ指を差されたものだ。こうして謝ってくれているだけでも千歳に悪気がなかったのだとわかる。

「それより大丈夫でしたか？　さっき思いきりひっくり返ってましたけど」

「あ、あはは……。大丈夫です。これくらい。私、しょっちゅう転んでますから」

それは大丈夫とはいえないのでは？　と突っこみたくなったが、せっかく気を遣ってくれているのだから野暮（やぼ）はいうまい。隆介も驚かせたことを謝罪した。

「フロントにひとがいなかったものですから、ちょっと館内をふらふら見ていたんです」

「ああ、それで！　眼鏡を落としたとき、オーナーさんじゃないのはすぐにわかったんですけど、だとしたら誰だろうって焦っちゃいました」

「オーナーさんってそんなに特徴的な方なんですか？」

ぼやけた視界でも見間違わない特徴ってどんなだろう。奇抜（きばつ）な髪型をしていたり？　それとも雲をつくような大男とか？

「匂（にお）いがするんです。お花のいい香りが」

「花、ですか？」

「はい。そのせいか独特の雰囲気があって、近くにきたらすぐにわかりますよ」

そう説明しながら千歳の表情も柔らかくなった。不覚にもどきりとしてしまった。

改めて、目の前の女性を見る。

隆介が驚かせてしまったせいでおっちょこちょいという印象が拭えないが、黙っていれば知的な感じがするし、立ち姿はスラッとしていてスタイルもよく、今さらながらモデルか何かかもしれないと思い始めた。

そう思う要因のひとつが彼女のファッションだ。エスニック風というのだろうか。花柄をあしらったフレアパンツ。ゆったりとしたロングＴシャツ。胸元には民族系のウッドネックレスが控えめにも自己主張している。ペンションの雰囲気に合っており、このひと自体調度品の一部のように環境に溶け込んでいた。ＴＰＯに合わせてセルフプロデュースしたのなら大したセンスだと思うし、本当にファッションモデルなら然もありなんといったところ。

隆介もかつては衣料品小売専門店のファッションモデルに起用されたことがあった。デザイナーやコーディネーターの感性や知識の深さに終始圧倒された。それ以来、自分のセンスでコーディネートするのが気恥ずかしくなり、今ではお店のひとに一通り任せている。

無難としかいえない自身の今の服装が急にダサく思えてきた。

――ああ、駄目だ。またネガティブになってしまう。

「淵上さんは初めてなんですよね？　ここのペンション」

「は？」

どうしてそれを、と隆介は驚いたが、オーナーの顔を知らないという話の流れからなので当然といえば当然の推理だった。

「いいペンションですよ。私、何度も利用しているんです。静かだし、お料理は美味しいし、多希ちゃんかわいいし」

「何度も利用？」

無視できない一言だった。

「はい。毎月のように泊まりにきてます。ベテランですからわからないことがあったらなんでも訊いてくださいね」

「毎月……」

「どうかしました？」

どうかしているのは千歳のほうだと思う。記憶を奪うペンションに毎月泊まりにくるだなんてありえない。

固まる隆介に、千歳は首をかしげた。それからきょろきょろと辺りを見渡した。

「オーナーさん、どこ行っちゃったんでしょうね」

いまだ受付ができていない隆介を気遣う素振りであった。隆介は、いや、とも、はあ、ともつかない生返事をした。

「姿が見えないとなると、お風呂掃除でもしているんじゃないかしら。たぶんですけど、今日の宿泊は私と淵上さんだけなんだと思います。もし何組もあればもっと忙しそうに動き回ってますから」

「何組も……。一度に何組も利用されることがあるんですか？」

「え？　ええ。客室は八つありますし。ファミリータイプの部屋が二つ、だったかしら。私、いつもシングルしか使ってないので自信ありませんけど」

そういって屈託なく笑う。反対に、隆介の内心はある疑念によって冷え込んでいく。

――もし噂どおりのペンションなら、もっとひっそりしているものじゃないのか。

――そんなに利用客がいるなら、もっと噂は広まっていないとおかしくないか。

それに、もし噂どおりなら……何度も泊まりにくるような場所じゃないはずだ。

噂どおりじゃなかったら？

普通のペンションならば、これが当たり前の光景ではなかろうか。

常連客がいて、そこそこの評判もあって、客室数が充実している。

ということは。

「騙されたのか……」

「騙す？　あの、本当にどうかされたんですか？　やだ、顔色がよくないですよ！」

悪いほう悪いほうへと思考が流されていく。こうなると歯止めが利かなくなる。

千歳に訊いてみようか。なんでも訊いてくれ、といっていたことだし、それほどこのペンションに詳しいのならあの噂についても熟知していることだろう。

訊いて、もし笑い飛ばされたら？　哀れまれたら？　隆介は二度と立ち直れないかもしれない。その恐怖が自棄になりそうな心にブレーキをかける。すべての望みを懸けて今日ここにきた。その決意を、願いを、踏みにじられたとき、自分が自分でいられる自信はもはやない。

心が壊れるということを知っている。

隆介自身、ぎりぎりのところで踏み止まっていることをはっきりと自覚する。

「淵上さん？　大丈夫ですか？」

「あ、あの……っ」

訊いてしまえばすべてがわかる。

いま、訊いてしまえば——。

「お待たせして申し訳ありません。淵上様でいらっしゃいますね」

事務的な声がして振り返る。背の高い男がフロントのほうからやってきた。

カラフルなエプロンをしているのに愛想がなく、どこかちぐはぐな印象を受けた。年の頃ははっきりしないが、見た目は三十路前後といったところだろう。

「当ペンションのオーナーの遠野愛文です。ようこそいらっしゃいました」

ふいに、いい香りがした。荒んだ気持ちがにわかに落ち着きを取り戻す。花の香り。千歳がいっていたのはこれか。香水とは思えない。もっと自然な——花園に漂う空気に近い。まさか体臭ではなさそうだが、愛文から漂っているのは確かだ。たかが香りなのに、それだけでそのひとの人柄が見えるようだった。

　このひとが、オーナー……。

「どうぞこちらへ」

「あ、はい……」

　ふらふらとおぼつかない足取りで愛文の後に続く。すると、

「あの、オーナー。淵上さん、なんだかお疲れみたいです。受付より先にお部屋に案内してあげたほうがいいんじゃないかしら？」

　千歳がそういった。愛文は隆介をまじまじと見遣り、気怠げに目を細めた。

「これは気づきませんでした。すぐにお部屋へご案内します。丸川さん、ありがとうございました」

「いえ。淵上さん、ごゆっくり」

「ああ、ありがとう、ございます……」

　体調を悪くしたわけではなかったが、受付で記帳をするのがもどかしかったのは本当だ。すぐに客室に行けるのはありがたい。一刻も早く愛文に問い質したかった。

　玄関ホールの左手側。その先は食堂と、客室がある二階へ上る階段がある。

　階段を上りながら、居ても立っても居られず目の前の背中に問う。

「記憶を奪うという あの噂のことですが」

愛文が立ち止まり、隆介を見下ろした。口許に人差し指を当てて、静かに、とジェスチャーする。

「いま、ご案内します。詳しい説明はお部屋についてからお話しします」

ごくりと喉が鳴る。

即座に否定されなかったことに安堵しつつも、不安は拭えなかった。

*

通された客室は一般的なシングルルームだった。ベッドが一つ。バス・トイレが付いているが、テレビや固定電話はなかった。本当に泊まるだけの部屋といった感じだ。

二階に客室は全部で八つ。縦に細いシングルルームが六つ並び、廊下を挟んで向かい側にファミリー向けの三〜四人用部屋が二部屋。……そして、その並びの一番奥がこの部屋だった。つまり、【九番目の客室】である。どの部屋のドアの真上にも部屋名が書かれたプレートが貼り付けられてあったのに、この部屋にだけそれがなかった。中を知らなければ倉庫か何かだと思ったはずだ。

「普段この部屋は利用されておりません。特別なお客様にだけです」

「それって……」

「どうぞお座りください」

椅子を勧められて座る。ふと視界に奇妙な物が映った。壁際のキャビネットの上に植木鉢が一つ載っていた。どこにでもあるような赤土色の栽植用の鉢だった。土は入っているようだが花は植わっておらず、インテリアにするにはあまりに不恰好すぎる。なんでこんなものが――？

愛文が捲し上げていた両腕の袖に気づき、元に戻しながら言い訳のように口にした。

「さっきまで浴室の掃除をしていたのです。いまは呼びにきてくれた娘が代わりに掃除をしてくれています。当ペンション自慢の露天風呂です。それほど広くありませんが、ゆったり浸かれてリラックスできます。お疲れのご様子ですし、いかがでしょう、この後入られますか？　予約制なので、ご利用されるなら早めにお申し付けください」

やはり事務的、というよりは棒読みすぎる売り文句に思わず反発していた。

「疲れてなんかない！　それよりも、ここで一晩過ごせば記憶を奪ってくれるって話は本当なんですか!?」

前のめりに訊ねると、愛文はひどく痛ましげな表情を浮かべた。

――なんだ、その顔は。

もしかして……嘘なのか。

「本当ですよ。このペンションに棲みついた妖精が悪戯をするのです」

「妖精が悪戯……」

子供じみた表現だが期待していた答え。なのに、隆介は眉をひそめた。

——だったらなぜ、そんな哀れむような顔をする？

「正確にはこの部屋で寝泊まりすると記憶を失います。ペンションそのものはいたって普通の建物です。ですから、この部屋を利用されたことのないお客様はここの秘密について何も知りませんし、記憶障害を起こすこともありません。常連の丸川さんからもそのような話を振られたことはありません」

そうか。だから何度も利用できたのか。泊まるたびに記憶を失っていたら日常生活に支障をきたすはずだ。丸川千歳は純粋にここを気に入っているらしい。

「淵上さんは、かつてこの部屋を利用したお客様からの紹介を受けていらっしゃいました。なので、この部屋を利用する権利がございます。ご利用されますか？　もしご利用されないのであれば今から別室をご用意することも可能ですが」

「……お聞きしたいことがあります」

「はい」

「本当の本当に記憶を奪ってくれるんですか？　ちゃんと望んだとおりの記憶を奪ってくれるんですか？」

記憶を奪ってくれる——それだけで奇跡のような話だが、どの記憶を奪うのかロシアンルーレットみたいな運頼みでは困る。

どういうつもりなのか、愛文は大きく溜め息を吐いた。

「記憶は必ず奪われます。どうしてそうなのか、原理はわかりませんし、いまだ多くの謎が残っています。ですが、これだけは確実にいえます。記憶は奪われますし、一度奪われた記憶を再び頭に戻すことはできません。そして、奪ってほしい記憶・思い出はこの場で声に出して話すことで奪われる確率が高まります。独り言でも十分なのですが、聞き役がいたほうが捗(はかど)る場合もございますので、ご要望があれば私がその役を仰(おお)せつかります」

　つまり、この記憶を奪ってほしい、と妖精にお願いするわけか。そうしなければ、もしかしたらランダムに記憶を奪われる可能性があるという。

　どっちにしろリスクが高い。奪ってほしい記憶というのは大概(たいがい)ひとにいえない秘密だ。それを愛文に——赤の他人に聞かせるというのはかなり勇気がいる。独り言を選択したとしてもこの部屋に盗聴器が仕込まれていないとも限らない。

「お昼か、夕方のうちに話していただき、夜の間は寝て過ごしていただきます。朝、起床した頃にはもう昨日話した内容の記憶は頭から失われています。そういうふうになっています」

「本当に？　本当の本当……なんですよね？」

　疑り深いと呆(あき)れられるだろうか。「本当」と「必ず」を繰り返す愛文に何度同じ質問をしても返ってくる答えは一つだ。それでも、隆介は訊ねずにはいられなかった。

「本当に記憶を奪ってくれるんですよね!?」

「……私としましてはその記憶は持ち続けられたほうがよろしいかと思います。たとえどんなにつらい記憶であったとしても。……後になって返してほしいと思ってももう元には戻りませんから」

切実な声だった。そのとき、確信とともに思い至った。

「……もしかして、オーナーも？」

ややあって、愛文は小さく頷いた。

「私ではありませんが、私の大切なひとがここで記憶を奪われています。その記憶を取り戻すすべを探すためにここでオーナーをしています」

「……それは奥さんのことですか？」

いまだ目にしていない愛文の妻。多希の母親。きっとそうに違いないとつい口を衝いて出てしまったが、愛文は静かに頭を振った。

「妻は数年前に他界しております。記憶を奪われたのは娘の多希です。あの子は父親に関する記憶を奪われています。今より小さい頃のことですが、それ以来私を父親と認識できずにいるのです」

呆気に取られた。思ってもみなかった告白に頭がついていかなかった。

あの子が？　元気で可愛らしかったあの多希が、記憶障害？

「いやでも、だって……」

そういえば、多希の口から「お父さん」という単語を一度も聞いていない。

「想像してみてください。ある日突然、赤の他人を紹介されて『このひとがおまえの父親だよ』といわれたとしたら。記憶にある父の顔は靄がかかったみたいに思いだせなかったとしたら。赤の他人と一緒に暮らさなければならないとしたら」

　想像してみた。ぞっとした。

「記憶には『再認』という機能があります。目の前にある情報と記憶にある情報を照らしあわせて辻褄をあわせる機能です。しかし、手掛かりとすべき記憶が損失していた場合、現実との整合性を取ることができなくなります。目の前にいるひとを父親だと判断する材料がない。よって、記憶が戻らないかぎりそのひとを父親だと認識することができなくなります」

　父にしろ母にしろ、家族や恋人、はたまた友人、あるいは仕事仲間——身近にいるひとがある日突然別人と入れ替わり、自分ひとりがそれに気づき違和感を抱えているとしたら。周りがおかしくなったと思うだろう。おかしいのは自分なのに、きっと受け入れられない。気持ち悪さを抱いたままそのひとと付き合っていくしかない。

　吐き気がした。

「とはいえ、人間というのはよくできたもので、その状況にすぐに馴れてしまいます。記憶にない以上、目の前の現実を受け入れるしかないと、心が判断します。そうして、記憶のほうを書き換えてしまうのです。多希はいま違和感を抱えていないでしょう。私を赤の他人として受け入れ、本当の父親は別の場所にいるものと思い込んでいます。私のことは里親か、親戚のおじさんくらいにしか思っていません」

多希が父親を「愛文」と名前呼びしていたのは、父親だと認識していないから？

愛文が嘘や出まかせをいっているようには見えなかった。相変わらず人を食ったような仏頂面だが、吐き出した言葉には先ほどの売り文句にはなかった真剣さがあった。

記憶を奪われるとはそういうことなのだ、と真摯に伝えていた。

「多希はこの部屋の秘密を知りません。記憶を失くしている事実を知らないのです。混乱させるといけませんから」

思わず息を呑む。

昨日までの自分ではなくなるという、その恐ろしさ。

それでも、俺は。

「記憶を失くしても普通に暮らしていけるものなのですか？」

「今のたとえで言うなら、父親と会わないかぎり何も問題は起きませんし、周りと口裏をあわせていればなんとか折り合いをつけていけるはずです。私と多希のように。ですが、記憶を失ったほうも覚えているほうもいくらか哀しみは残ります」

「ええ。そうでしょうとも」

金輪際会わないのなら苦しまなくて済む。覚えているほうは哀しみ続ける。むしろ願ってもない話だった。

隆介の決意は固まった。

「聞いてもらってもいいですか？」

愛文は観念したように息を吐き、大きく頷いた。もしかしたら思い留まらせたかったのかもしれない。だが、愛文の話は後押しにしかならなかった。

これでようやく解放される。

「今からお話しするのは元妻のことです。元妻と、俺の罪の話です」

そうして、ペンションに棲んでいるという妖精に向かって懇願した。

「どうか、元妻の――絵梨の中から俺に関する記憶を消してください！」

＊　＊　＊

「あのさ、ずっと隠してたんだけど、実は俺、絵梨姉ちゃんのことが――子供の頃から好きだったんだ！　だからさ、俺と付き合ってくれないかな!?」

がばっと頭を下げた。絵梨の履く艶やかなローファーをただ見下ろした。

スポーツ用品店からの帰り道。同じ高校の制服が何人か目につき、誰もが好奇の視線を送ってきた。しかし、隆介には彼らを気にかけている余裕はない。考えなしに告白してしまい、絵梨が沈黙している時間が一秒経過するごとに、なんでコクってんだよ俺……、と後悔が膨れあがっていく。俯いたまま頭を上げることができない。絵梨の顔を見るのが怖かった。

同じ歩幅で歩けないと絵梨はいった。隆介とは一緒に生きていけないのだ、と。

それなのに……、いやだからこそ、遠ざかるその手を摑みにいった。

心臓が破裂しそうなくらい暴れている。

サッカーのどんな試合に出るより緊張している。

「バカだね、リューちゃん」

涙声に気づいて顔を上げた。そこには予想どおり涙を流す絵梨がいた。

「知ってたよ。全然隠しきれてないって。だから私、釘刺してたのに」

「はあ⁉　知ってたって、だったらどうして——って、え？　釘刺してって何？　釘刺し……あっ！　絵梨姉ちゃんにはその気ないから告白すんなよって……もしかしてそういうことだったの⁉」

「そういうことだったんだけどなあ……。それも全部口にしちゃうなんて、リューちゃん、ほんとーに察し悪いよね」

バカだね、とまたいった。そうして、隆介の胸に飛び込んできた。

「うぇえ⁉　絵梨姉ちゃん⁉　なになに⁉　今度はなに⁉」

泣きたいのはこっちのほうだと思いつつも、異性に胸で泣かれるという状況には不覚にもキュンとくるものがあった。振られたショックはひとまず脇に置いておいて、泣きじゃくる絵梨の頭をぽんぽんと撫でてあげた。

……小さい。身長に差があるのは知っていたけれど、いつのまにこんなに差がついてしまったのか。姉ちゃんと呼んでいたひとがこの上なくか弱く思えた。

「どうして絵梨姉ちゃんが泣くんだよ？」

「だって、私もバカだからっ」

「いや、意味わかんないんすけど」

「だってだって、リューちゃんに好きっていわれて嬉しかったんだもん！　私じゃリューちゃんと釣り合わないから、だから身を引こうって思ってたのに！　それなのに、私、今になってリューちゃんを諦めたくないって思った！　私から釘刺しといて、私、私、勝手すぎるよ！」

　隆介が有名人で、女の子からたくさん告白されていることを知った絵梨は、自分みたいな平凡な人間が隣を歩くのは相応しくないんじゃないか、と思い悩んだという。

　なるほど。たしかにバカだ。

　俺の気持ちはまるっきり無視かよ。

「絵梨姉ちゃんの本当の気持ちが聞きたいんだけど」

「私も……リューちゃんが好き。ずっとずっと、子供の頃から好きだった。初恋だったの」

「マジ⁉　両思いじゃゃん！　だったら何も問題ないじゃんか！　つーかさ、余計なこと考えすぎ！　歩幅とかなんとかさ、んなもん関係ないって」

「そうかな。私、足手まといにならないかな？」

「ならないって！　あんまり足が遅いようならそんときは俺がおんぶしてやるし！　俺の

活躍を一番近くで見ててくんなきゃ困るよ」

そこまでいって、ようやく絵梨は笑顔を見せた。

「うん。ありがとう。リューちゃん」

絵梨を重荷に思うことなんてあるわけない。

絵梨のおかげで夢が叶ったのだと、いつかいってやるから――。

その日、隆介はたしかに誓ったのだった。

「とりあえずさ、付き合うことになったわけで、その……恋人らしいことしない？」

「そ、そうだね！　恋人らしいこと、恋人らしいこと……って、な、なんだろうね？」

初心なふたりは『その先』を想像するだけで茹でだこみたいになる。

とりあえず、お互いを「絵梨」「隆介」と呼びあうところから始まった。


初の公式試合でハットトリックを決め高校サッカー界に鮮烈なデビューを果たした隆介は、その後も快進撃を続けていく。残念ながらチームが全国で通用するレベルに達していなかったために三年間一度も国立競技場の芝生を踏む機会はなかったが、毎試合の活躍により名前だけは全国に轟いていたらしく、大学や企業のサッカーチームから多くのスカウトを受けた。高校卒業前にＪ２クラブへの入団が内定し、Ｊリーガーになることが確定。

夢の一歩を踏み出した。

「どうしてＪ２なの？　Ｊ１のチームからも誘いがあったんでしょ？」

少し心配そうに絵梨がいう。大学生になり、さらにぐっと大人っぽくなった。そんな絵梨に対して、サッカーについてだけは講釈できるのでこういうときは尊大になれた。

「わかってないなあ。上のリーグに行けばいいってもんじゃないんだよ。俺なんて言ってもまだまだ高卒ルーキーだろ？　競争が激しいＪ１だとさ、出場の機会ってあんましないんだ。それよりもＪ２のほうがいろいろ鍛えてくれそうだし、何よりいっぱい活躍できそうじゃん」

「ふうん。そういうものなんだね。ちゃんと考えてるんだ」

「当たり前だろ。俺を誰だと思ってるんだっての」

チーム同士だけでなくチームメイトとも争わなければならないのだ、カテゴリが下だからといって競争の激しさはＪ１に劣るとも思わない。それはそれで望むところだ。Ｊ２で活躍できないようではＪ１でやっていけないし、まして世界で通用するわけがない。

「鍛えるよ。もっともっと上手くなる。だからさ、支えてよ。絵梨」

「うん。私にできることならなんだってするよ。支えるね。隆介」

絵梨は本当に支えになってくれた。

Ｊ２で思いどおりいかず燻っていたときも、Ｊ１のチームに移籍し監督と反りが合わなくて荒れていたときも、日本代表に選出されてあまりの期待の大きさに臆病になっていたときも——絵梨はいつもそばにいてくれた。

歩幅が合わないどころか、二人三脚。

いや、一歩前に出るために背中を押してくれていた。

隆介は、絵梨のおかげで夢を見続けることができていた。

海外のクラブチームへの移籍が決まったときにプロポーズした。

ずっと一緒にいてほしい、とそういって。

絵梨がいない人生はありえなかった。自分から絵梨を取り上げられたら――なんて、一度として考えたことがなかった。これから先、何があっても、このひとと歩き続ける。その想いだけは決して変わらないのだと、そう信じていた。

「私、本当に幸せだよ。隆介」

絵梨は笑っていた。

だから、この結婚も間違ってはいなかったのだと信じた。


――ああ、ここから先を話すのはしんどいな。でも、いうよ。絵梨のために。

ドイツに渡ったんです。絵梨とふたりで。日本代表で活躍できたおかげで世界からも注目してもらえてね。

あのときが俺の全盛期だった。馴れない環境でいろいろ苦労したけれど、ボールを蹴っていられるときは幸せだった。敵味方ともに国籍も人種も言語も違うのに、フィールドに立つと同じサッカー選手なんです。みんな、ボールを蹴りだすとサッカー小僧に戻るんです。言葉が通じなくたって関係ない。体格差があったって関係ない。上手けりゃ尊敬されるし、下手だとバカにされる。弱肉強食。でも、楽しかったな。サッカー小僧同士、プレーを通じて考え方や価値観がわかるんです。だから、疎外感を感じたことなんて一度もありませんでした。スポーツに国境はない、ってよくいうでしょ。あれ、本当ですよ。あとあれだ、『キャプテン翼』！　もうね、俺が日本人ってだけでその話題ばっか振られるんですよ。ああ、どこにいっても変わんないなあって。みんな通った道なんだなって。それがはっきりわかって、海外でもつらくなかったです。

……俺は楽しくやれていた。でも、今にして思えば絵梨はつらかったと思います。馴れない環境の中で、たったひとりで戦い続けてくれたんです。

言葉の壁って思った以上に厚いんですよ。英語だったらまだマシだったかもしれない。でも、聞こえてくるのはドイツ語でしょ。聞きなれないから覚えるのも大変だったはずです。絵梨には俺みたいにチームメイトがいたわけじゃないし、熱中できる仕事があるわけでもない。俺が練習とか合宿でいない間、かなり寂しい思いをさせてきました。本当に。気づいてやれなかった当時の俺はどうしようもないバカでした。

絵梨はずっと孤独だったんです。俺しか頼れる人間がいないのに、俺はサッカーバカだからそっちにしか集中してなくて。調子に乗って練習量を増やして、それで体調崩してそのたびに絵梨に支えてもらって……。絵梨のほうこそ支えが必要だったのに。俺はちっとも気づいてやれなかった。

ドイツで暮らし始めて丁度一年が経った頃です。ソレはやってきました。

絵梨はずっと気を張ってきました。ひとまず一年間がんばろう、って決めていたみたいでした。本当はドイツに来て早々心が折れかけていたのに、無理して気丈に振る舞って。いつも朝は笑顔で見送ってくれて、帰宅したときもやっぱり笑顔で出迎えてくれて。何も大変なことはない、毎日が幸せって顔して、俺に心配かけさせまいとして。そうやって孤独と闘い続けていたんです。誰も味方がいない土地で。俺なんかのために。

限界がきたんです。オフの日に、ふたりで買い物をしているときに。突然、絵梨の体が傾きかけたんです。隣で一緒に階段を上っていたときです。ふらりと後ろに倒れ掛かった絵梨をとっさに抱きとめました。絵梨は溜めこんだストレスが元で失神してしまったんです。ただ外を歩くだけで彼女の心には大きな負担がかかっていました。ですが、絵梨はその負担を自覚していませんでした。直前までごく自然に笑っていましたから。

俺が彼女の笑顔を見たのはそれが最後でした。

絵梨の体を抱きとめたその瞬間、俺の足に違和感が生じました。絵梨を支えようと足に力を込めて、転がり落ちるのを必死で食い止めた、そのときに。

でも、とにかく絵梨を介抱しなくちゃ、病院に連れていかなくちゃ、ってそればかりに気を取られて、自分の足に起きた異変から目を逸(そ)らしました。

絵梨は数分で目を覚ましました。その日のうちに医者にかかりましたが、やはりストレスが原因だろうといわれました。絵梨はそのときようやく海外での暮らしがつらかったことを話してくれました。これからは絵梨のことをもっと気に掛けなくちゃなって、俺、すごく反省して。……同時に、ああその程度のことだったのか、重い病気じゃなくてよかった、って安心してしまったんです。

自宅に帰ってから、足の違和感を思いだしました。そしたら急にものすごい激痛が走って。いえ、たぶんずっと痛みを訴えていたんです。ただ、気づかなかっただけで。太股(ふともも)の裏側でした。すぐにわかりました。肉離れを起こしてるって。

肉離れはスポーツ選手にはよくある怪我(けが)なんです。俺も高校時代に一度経験していました。だからすぐにわかったんです。もちろん対処法も知っていました。急いでアイシングをして、テーピングを巻いて、安静にして……。でも、医者の診断は全治四週間でした。その間、当然試合には出させてもらえません。

絵梨は自分を責めました。自分のせいで俺が肉離れを起こしたのだと。

違うんです。確かに絵梨を抱きとめた瞬間に肉離れを起こしましたが、いつ起きてもおかしくない状態だったんです。日々の疲労の蓄積で怪我をする準備はすでにできあがっていたんです。それに気づかなかったのは俺の責任です。練習量を増やして無理したのは完全に俺の責任なんです。なのに、絵梨は自分を責め続けた。

試合に出られなくなった俺は、リハビリをしながら、徐々に焦りを感じていきました。チームに貢献できずにいること。期待の新人が活躍し、古株が契約を切られていくこと。次第に、いつ切られてもおかしくないこの状況が恐ろしくなりました。

絵梨は支え続けてくれました。ごめんなさい、と謝りながら。

ごめんなさい。

ごめんなさい。

……ああもう、それがなおさらイライラさせるんです。

絵梨は悪くない。俺と、それから運が悪かった。どうして絵梨を助けたあのタイミングで肉離れを起こしたのか。これじゃあまるで絵梨を悪者にしたいみたいじゃないか。

そんなことはないのだと証明したかった。……いや、単に、絵梨の謝罪の言葉を一日でも早く引っ込めたかっただけだったのかもしれません。俺は痛みが引いた三週間後には練習に復帰し、一番近い試合に出場しました。結果は途中退場。肉離れが再発して、さらに悪化させちまいました。バカが悪循環に嵌ってしまったんです。

またリハビリの日々です。今度はきちんと治そうと二ヶ月間安静にしました。

絵梨は顔をあわすたびに謝りました。顔色も悪くなっていき、見る見るうちに痩せていきました。これ以上は見るに堪えなかった。謝られるのも嫌だったし。絵梨だけ日本に帰しました。もっと早くにこうしておけばよかったんです。

次の復帰には半年かかりました。ようやく試合に出られたのに、今度は満足のいくプレーができなくなっていました。俗にいうイップスってやつです。それまで普通にできていたことができない。理由は簡単です。肉離れの再発が恐かったんです。だから、思い切りプレーをすることができなくなっていました。

そのシーズン、俺はまったく戦力にならず、翌年契約を打ち切られました。

散々な結果を残して日本に逃げ帰ってきた俺を、それでもサッカーファンのみんなは温かく迎えてくれました。涙が出るほど嬉しかった。古巣のチームから戻ってこいといってもらえて、俺はそこで再起を決意したんです。絵梨ともう一度立ち上がろう。日本で。この国で。もう一度やりなおそう。そう思ったんです。

でも、一度坂道を転がり始めたら、そんなにすぐに止まってくれないもんらしいです。人生って。むしろ、もっと下まで落ちていっちまいました。

日本でも俺は活躍できずにいました。イップスを克服しようとがんばったつもりです。

絵梨も、心をボロボロにしながらも俺を支えようとしてくれた。がんばってね。負けないでね。応援してるから。隆介はすごいよ。また活躍できるよ。あきらめないで。

ごめんなさい。

ごめんなさい。

ごめんなさいって。

俺が……俺が……なんとかするしかなかった。

ここはもうドイツじゃない。周りには気のいいチームメイトや優しいファンたちがいる。肉離れを起こしたって許してくれるはず。また応援してくれるはず。そう自分に言い聞かせて、俺は勇気をだして思い切りプレーしたんです。

そしたら、……ははっ、もっとひどい怪我をしてしまいました。右膝(みぎひざ)前十字(ぜんじゅうじ)靭帯(じんたい)断裂(だんれつ)

っていうね。

知ってるでしょ？　当時、マスコミにかなり大きく取り上げられましたからね。

肉離れを起こした足を無意識に庇ったせいで、無理な体勢からシュートを打とうとしたのが原因みたいです。

この怪我で俺はまた半年以上リハビリをする羽目になりました。

……その翌年に引退を発表したんです。


絵梨は自分に自信のない人間でした。

ピアノの才能がないとわかったあのときに、自分の可能性に蓋をしたんだと思います。

卑屈すぎると思いましたよ。でも、その原因の一つには俺の存在があったみたいなんです。

俺と絵梨は幼馴染みで、親同士も仲がいい。俺がサッカーの試合で点を決めたら、その日のうちに向こうのお母さんにそのことが伝わっていました。うちの親がわざわざ電話で話していたんだそうです。まあ、絵梨のお母さんは昔から俺のこと実の息子みたいに可愛がってくれていたから、もしかしたら絵梨のお母さんのほうから結果を聞きに電話してきてたのかもしれないけど。

当然、それは絵梨にも伝わっていました。

自信を失くした絵梨を嘲笑うかのように、俺は有名になっていった。身近すぎたから余計に意識しちゃったんでしょう。自分との差ってやつを。……でもまあ、やっぱり絵梨の性格が一番の問題だったと思いますけどね。卑屈なトコは。
絵梨は、せめて俺の足を引っ張らないようにって考えた。
歩みを遅らせないようにって。
それなのに、怪我をさせた。支えるつもりがとんだお荷物になった。何もできないままひとり日本に帰国した。もう一度一緒に暮らしても、夫の顔色を窺(うかが)ってイライラさせた。
度重(たびかさ)なる夫の体の故障。空々(そらぞら)しい慰め。繰り返される謝罪。

すべてが堪えられなくなった俺は、絵梨にひどい言葉を投げつけた。

……彼女はますます罪悪感を募(つの)らせた。どんどん痩せていって体を壊して。指や手の甲を噛(か)むようになり。体中を引っかいて自傷行為を繰り返した。ごめんなさいとしかいわなくなった。俺を見ても涙しか浮かべなくなった。そしてとうとう心を壊してしまった。

俺は絵梨と別居しました。これ以上一緒に居てもお互い苦しいだけだった。

週刊誌がそれを『DV疑惑』だとはやし立てました。証拠はそろっています。俺は世間からのバッシングを受け、同情すべき元ストライカーから軽蔑(けいべつ)すべきDV野郎に格下げされました。あの騒動は絵梨にとっても毒にしかならなかった。俺が世間から非難されるのも全部自分のせいだって責任を感じて……ああ、そっから先は見てられなかった。

言葉にもしたくない。

絵梨と離婚した。

赤の他人になったんだ。

なのに、彼女はなおも苦しんでいる。

あった事実は消せない。でもせめて、彼女の記憶からは消してあげたいんです。

俺のすべてを。

＊　＊　＊

話し終わり、退室する愛文にいった。

「俺の話でも絵梨から記憶は奪われるんですか？」

「話し手が誰かは関係ありません。内容を共有していればその記憶が奪われます」

「わかりました。後で絵梨を迎えにいってきます。記帳には絵梨の名前を書かせていただきます」

「淵上さんはどうされますか？　他のお部屋もご用意できますが」

「いや。いいっす。実は駅前のホテルも取ってあるんですよ。絵梨はいまそこにいます。もったいないし、そっちには俺が泊まります」

小さく頷（うなず）いた後、ドアを閉められる。

部屋にひとりきりになると、途端にすべてをやり終えた感じがした。達成感というより虚無感のほうが近い。賭け事で全財産スッたような呆然とした心地だ。

絵梨をこの部屋に泊めて、結果は翌日の朝に出る。呆けるにはまだ早い。

ドアをノックされた。愛文が戻ってきたのかと思い、どうぞ、と声を掛けると、入ってきたのは多希だった。

「わ。本当にこのお部屋に泊まるんですね」

「……珍しいの？」

「はい。あ、でも、たまにいるんです。ここを使いたいってお客様が。こういう何もないお部屋のほうが落ち着くからって。普段は使ってないけど、そういうお客様のためにここはこのままにしているんだって。愛文が。お掃除もしちゃいけないっていうんですよ」

「なるほど」

平時は厳重に閉め切っているのだろう。何も知らない多希が、まかり間違ってこの部屋でお昼寝でもした日にはどの記憶が奪われるかわからないから。

「こんな部屋の何がいいんだろう？　わかんないや」

「こらこら。仮にもここを利用するお客様の前でそういうこというもんじゃないよ」

「わっ。ご、ごめんなさい！」

「でも、多希ちゃんのいうとおり、本当に殺風景な部屋だよね。寂しいくらいだ」

この部屋に絵梨をひとり寝かせるのかと思うと、胸が締めつけられた。

「淵上さん？」

「多希ちゃんも大人になったらわかるよ。この部屋を利用したくなる気持ちが」

多希は、んー、と眉根を寄せた。今はまだ理解できないだろう。理解しなくてもいい。

こんな部屋、利用しないほうがいいに決まっている。

「ところで、多希ちゃんは何しにきたの？」

「あ、そうでした！　当ペンションのルールを説明しにきました！」

「ルール？」

「はい！　何時にお夕飯を食べるかとか、チェックアウトは何時かとか、そういうのです。さっき愛文に聞いたら説明し忘れてたっていってたから、代わりに私が。もー、愛文ってば、ほんと抜けてるんだから！　いっつも仏頂面だし、客商売に全然向いてない！」

辛口評価だが、楽しそうに笑った。親子仲は悪くなさそうだ。

「困ったお父さんをもって多希ちゃんは大変だね」

試してみたくなったのだ。すると、多希はキョトンと目を瞬かせた。

「愛文は私のお父さんじゃありませんよ？」

その真顔にぞっとした。

「よく間違えられるんですけど、私のお父さんは別にいるんです。今は遠くで暮らしてて、でもいつか迎えにきてくれるって。愛文が」

「オーナーが、そういったんだ？」

「はい！」

どんな気持ちでその言葉を告げたのか。

どんな想いでこの笑顔と毎日向き合っているのか。

「早くその日がこないかなって。今から楽しみです！」

どんな顔して受け止めればいいのか。

「そう……」

隆介にはわからない。

自分がしようとしていることが本当に正しいのかも、もうわからない。

＊

駅前のホテルで絵梨と合流し、湖へ向かう。絵梨や絵梨の両親には心の療養にいいからと説明している。絵梨は隆介の厚意を疑うことなくついてきてくれた。

数ヶ月ぶりに会う絵梨は、別居した当初よりはだいぶマシになったものの、いまだ瘦軀（そうく）で病人然としていた。嫌いになって別れたわけではないので、顔を合わせれば普通に会話はできる。近況を報告しあって、盛り上がればバカ話を織り交ぜることもする。でも、絵梨が心から笑うことはなかった。浮かべる笑みはいつだって哀しみを帯びていた。

別荘地を抜け、木々のトンネルを通って湖の畔（ほとり）へ。

美しい景色に絵梨は感嘆の吐息をこぼした。

「いいところだね」

同意するように一歩彼女に近づいた。しかし、

「大丈夫だよ。ひとりで歩けるから」

繋ごうとした手を避けられる。支えられるのを嫌がった。——違うんだ。俺はおまえをお荷物だと思っていない。ただ一緒に、歩幅をあわせて歩きたいだけなのに。

そうすることさえ許されない。

「ペンションはあっちだ。荷物を置いたら少し散歩しよう。ペンションの裏手にお花畑があるんだってさ。オーナーの娘さんに聞いたんだ」

「お花畑?」

「オーナーが管理してるんだって。何の花が植わってるのかは聞いてないけど。絵梨、花好きだったろ?」

「うん。大好き。見てるだけで嬉しくなるの」

建物の裏手は林に覆われていたが、整備された遊歩道が一本、木々の隙間を縫うようにして続いていた。この先に花畑があるという。まるで人目を避けているかのよう。いわれなければ宿泊客でも寄り付きそうにない。

ずいぶん歩いた。その果てに、かすかに花の匂いが漂ってきた。愛文が纏わせていたあの匂い。

そして、視界が開けたと同時に幻想的な光景が目に飛び込んできた。

丘一面の白雪。氷の結晶が静謐の中に咲いていた。

息を呑む。美しすぎてどんな言葉も邪魔になる。知らず、絵梨の手を握っていた。握り返されてようやく自分の鼓動が聞こえてきた。

「天国みたい……」

隆介も頷いた。湖にも感動したものだが、こちらは行き過ぎていて悪寒すら覚える。

この世のものとは思えない。

「見たことない花。あ、白かと思ったけどよく見たら透明だよ、これ」

「透明の花なんてあんのか？」

「花弁が薄いとそう見えるお花はあるけど。でも、ここまでのは知らない」

ガラスや氷と見違えるほどに透き通っている。陽を弾いて白く発光し群生している様はまるで雪原のようである。

時間も忘れて眺めていた。魂を抜き取られてしまったようだ。

絵梨が何度目かの感嘆の吐息をこぼした。

「この景色も忘れちゃうのかな」

思わず絵梨の顔を見る。すると、優しい眼差しとぶつかった。

「絵梨、おまえ……」

「うん。知ってたよ。記憶を奪うペンションの話。ずいぶん前に隆介に聞かされて、ずっと覚えてた」

では、すべて承知した上でこの土地にやってきたのか。

「俺でさえ忘れてたのに」

聞かせたことも覚えていない。それくらい他愛(たわい)のない話だったのだ。けれど、今の絵梨には覚悟があり、とても興味本位だけでやってきたようには見えなかった。記憶を奪われようと奪われまいと、たった一つの結末だけを見据えている。

「明日には私、全部忘れてるんだね。隆介とのこと」

たとえ噂(うわさ)が嘘だったとしても、忘れたことにして生きていく。もう二度と会わないし、もう二度と思い悩まない。今日がそのための儀式なのだと絵梨は受け入れていた。

絵梨が立ちくらみしたようにしゃがみ込む。長いこと風に当たりすぎたのもそうだが、きっとこの疲労は隆介と一緒にいるせいだ。支えた肩がかすかに震えていた。泣きそうになる。

「連れてきてくれてありがとう。これでようやく返せるね」

「絵梨……」

――おまえのせいだ！　おまえのせいで俺はこんなふうになっちまったんだ！

――謝るなよ！　謝るくらいなら、今すぐ俺の夢を返してくれ！

足手まといになりたくないといっていた。きっと歩みを遅くするからと遠慮(えんりょ)する彼女を、おぶってでも連れていくといったのは他ならぬ自分だ。

今さらになって思う。

夢のような日々だった。

「あのときフってあげてたらよかったね、リューちゃん」

そんなことはないと、涙を堪えながら首を横に振った。

別の誰かじゃ駄目だった。

絵梨とだったから見られた、ひとときの夢。

「夢は叶ったよ。叶ってたんだよ。絵梨姉ちゃん……」

やっと、いえた。

*

愛文に無理をいってふたり分の夕食を用意してもらった。絵梨と並んで座り、新婚の頃のように食べさせあった。向かいにいた多希と千歳が赤面していたのが面白かった。

夕食後はロビーに集まって、みんなでテーブルゲームで盛り上がった。多希に懐かれて嬉しそうにする絵梨を見ていると、本当に昔に戻った気がした。はしゃいで大声で笑い、涙で目が滲(にじ)むのを懸命に隠した。永遠に夜が更けなければいいのに。

それでも消灯の時間はやってくる。絵梨と一緒に『九番目の客室』へと入室した。

絵梨は早速ベッドにもぐった。疲れきっていて、今にも瞼が落ちそうだ。

「隆介」

呼ばれたのでベッドに近づくと、絵梨が手を伸ばしてきた。

「ごめんね」

こんなときまで謝るのか。

「ごめんね。今まで」

「なんの……」

片手で絵梨の手を摑み、もう一方の手で絵梨の頰を撫でた。

瘦せた手と頰がひたすら悲しかった。

「もうおやすみ。明日からはいい日になる」

絵梨の目からこぼれた涙を指先で優しく拭う。すう、と眠りについていく。

「いい夢を」

絵梨の寝息を確認し、ゆっくりと部屋を後にした。

愛文から別室を用意してもらっていたが、眠る気になんてなれない。ロビーにいき壁時計の秒針の音に耳を傾けていると、愛文がやってきた。持っていたトレーの上にはウィスキーボトルと水割りのセットが載っていた。

「朝までお付き合いいたします」

相変わらずの仏頂面。嫌々していることなのかそうでないのか判別がつかず、思わず苦笑してしまう。

ありがたい申し出に首肯する。人生で一番長い夜が過ぎていく。

*

物音がして目を覚ます。ロビーのソファに寝そべっていた隆介は、掛けられていたタオルケットを剝がして身を起こした。酒気と眠気が思考の邪魔をする。いま、何時だ。

来客ベルを鳴らしながら玄関ドアが開閉する。まもなく、愛文がロビーに姿を現した。隆介と目があうと、事務的に口にした。

「たったいま、チェックアウトなさいました」

愛文の言葉が脳に沁みこむまでいくらか時間が掛かった。

挨拶もなしに帰っていった？　記憶を奪われたからか、奪われたことにしてケジメをつけようとあえて隆介を無視したのか。確かめたくてももうできない。絵梨に会ってしまうとここに泊めた意味がなくなってしまう。

なんだ、このやるせなさは。これで終わりなのか。終わったことにしていいのか。

「淵上さん、ちょっといいですか？　お見せしたいものがあります」

愛文に呼ばれてついていく。

二階に上がり、まっすぐ『九番目の客室』へ。絵梨から返却されたであろう鍵を差しこんで回す。開錠（かいじょう）し、中に入る。客室は綺麗（きれい）に片付いているが、ベッドには人が寝起きした跡が残されていた。手で触ればまだ温もりがあるかもしれなかった。

「やっぱりありました」

「花？」

キャビネットの上、昨夜は空（から）だったはずの植木鉢（うえきばち）に一輪の花が咲いていた。透明な花弁。ガラス細工（ざいく）かと見紛（みまが）うほどに冴え冴えと光沢（こうたく）を放っている。

裏手の丘に植わっていたあの花だ。

「これは？」

「私は【記憶の花】と呼んでいます。この部屋を使うと決まってこの花が出現します。私はコレが、抽出された記憶が花に形を変えた姿だと思っています」

「これが……絵梨の記憶？」

「あるいは、妖精が記憶を奪ったことを知らせる徴（しるし）なのかもしれませんが。どちらにせよ、記憶が奪われた証（あかし）です。絵梨さんは淵上さんが望んだとおり、淵上さんのことだけを忘れてしまった」

差し出された植木鉢を大事に抱えた。

どうしてよいのかわからず、愛文を見た。

「植え替えをしにいきます。それで——終わりにしてください」

再び訪れた花園は、昨日とは印象が異なった。朝の光と空の青を取り込んで水面のようにきらめいていた。けれど、悪寒を覚えたのは正常な感覚だったようだ。ここにある花はすべてうち捨てられた記憶たち。そのもの墓標なのだから。

素手で土を掘り返し、鉢から【記憶の花】を植え替える。そこに小さなプレートを立てた。日付と誰のどんな記憶であるのかを記載するのだ。忘れぬように。

「せめて私だけは憶えていようと思うんです」

丘一面の花畑を見るにつけ、その途方もない責務に眩暈（めまい）を覚えた。

「帰られる前に、絵梨さんに二、三確認したところ、淵上さんと結婚していた事実は覚えていましたが、細かなことは忘れていました。昨日の朝食の献立を忘れるような気軽さで。彼女はもう思い悩んでなどいませんでした」

笑っておられましたよと、そういった。

そうか。それならよかった。

本当に。

「でも、淵上さんと過ごした日々が消え去ったわけじゃありません。ここにあります。枯れることなくいつまでも。また、会いにきてください」

嗚咽（おえつ）するばかりで言葉にならず、何度も何度も頷（うなず）いた。

絵梨が健（すこ）やかでありますようにと、ひたすらに祈りながら花を植えた。

*

「淵上さんたち、もう帰られたんですね。せっかくお知り合いになれたのに」

ロビーでくつろいでいた千歳が残念そうにいった。

愛文が淹れた珈琲を一口すすり、感慨深く昨夜のことを思いだす。

「とても仲のいいご夫婦でした。報道されていたことが全部うそみたい。……それとも、ふたりきりになるとやっぱり違うのかしら。奥さん、やつれていたように見えたし」

「いえ、どんなときでもお互いを想いあえる素敵なご夫婦でした。ただ、想いが強すぎるあまり一緒にいられなくなってしまっただけで」

淡々と口にした愛文に、千歳は何もいえなくなる。オーナーにもかつて愛した奥様がいた。亡くなられたと聞いているので軽々しくわかったふうには頷けない。

「難しいんですね。夫婦仲って」

結婚の兆しすら無縁の千歳には、この感想を述べるだけで精一杯であった。

ところが、愛文は珍しくかすかな笑みを浮かべて「いいえ」と首を横に振った。

「あのふたりに関していえば簡単な話だと思います。今でも好きあっていますし、何より大きな重責からも解放されています。後は初心を思いだすだけでいい」

「初心、ですか？」

はい、と自信ありげに頷く愛文。なぞなぞのようだと千歳は眉(まゆ)をひそめた。

「幸い、付き合った後のことから話されてましたから」

ますます煙に巻かれてしまった。千歳は難しい顔を作って無言の抗議。それを、愛文は珈琲に口をつけ澄まして受け流した。

それきり、愛文が淵上隆介のことについて話すことはなかった。

＊　＊　＊

ペンション『レテ』のオーナーに、帰り際に手渡されたメッセージカード。その存在を、宿泊した日から一週間が経ってようやく、鞄(かばん)の中から見つけて思いだす。

あのときはずっと意識がふわふわ朦朧(もうろう)としていて何も考えられなかった。夢心地とでもいえばいいのか。それは今でもうっすら続いていて、長年思い悩んでいたことから解放されたみたいに心はやけにスッキリしていた。不思議だった。大切なものを失くした感覚もあって素直に喜べない。けれど、両親が「顔色がよくなった」といって泣いてくれたから、悪いことではないのだと思うことにした。

メッセージカードには直筆でこう記されてあった。

『もしも今でも好きだったら会いにいってあげてください』

何を、とは書かれていない。どういうことかしら。

会いに、っていうくらいだから誰かひとのことだと思うけど。

好きなひと。

私はサッカー選手の淵上隆介と結婚した。でも、ふたりの生活はうまくいかなくて、何か……悲しいことがあって……それで……離婚した。おかしい。ところどころ靄がかかったみたいに思いだせない。細かい部分がわからない。

私、彼のことなんて呼んでいたんだろう。

――あ。

「……リューちゃん？」

声に出してみると、その滑りのよさに自然と笑みがこぼれた。

会いに行こうと思った。

（了）

憧憬の記憶

ある日の昼休み、数人の生徒が音楽の先生の言いつけで、音楽室の隣にある音楽倉庫室に集められていた。簡単な作業だからと、四時間目に授業があったクラスの生徒にお願いしていたのだ。

音楽倉庫室には楽器がところ狭しと並べられていた。床にもごろごろと楽器ケースが横たわっている。先生が誘導した先ではいくつものコントラバスのケースが壁を塞いでいた。生徒たちで廊下に運搬し、道を作る。先生は棚の前の空いたスペースに入り、ほしかった資料を手にした。

「ああ、ありがとう。助かっちゃった。また元に戻してくれる」

生徒使いが荒いなー、とぶつくさ文句をいう生徒たち。その中のひとりの女生徒が先生の後ろから資料棚を覗き込む。そこには吹奏楽部が歴代に亘って保管してきた楽譜や活動日誌、コンクールの演奏を記録した音源などが隙間なく押し込められていた。

「あら、伊藤さん。——あ、そうだ！　これ、貸してあげる」

「なんですか、これ。……ＤＶＤ？」

棚から取りだして渡してきたのは一枚のＤＶＤケース。先生はにんまりと笑い、

「興味あるんでしょ？　あなたのお姉さんがいた頃のスイ部の動画よ」

「あ……、はいっ。ありがとうございます！」

興味があったからこそ棚の中を覗き込んでいたのだ。見透かされていたのはちょっとだけ恥ずかしかったけれど、ＤＶＤを無条件で貸してくれたので先生には感謝だ。

ケースに貼られたラベルを見て、伊藤真由はにわかに期待をふくらませた。ラベルに記された年月日は四年前。四年前といえば、姉が今の自分と同じ十五歳のときである。

現在、大学生になってひとり上京していった姉の玲奈。

大好きなお姉ちゃん。

放課後急いで帰宅し、制服を着替える間も惜しんでDVDをプレイヤーにセットした。

この中に、自分と同い年の姉がいるだなんて。わくわくした。コンクールであろうと人前には決して出てくることのなかった姉の姿をついに拝めるかもしれないのだ。

音楽をやめる前の姉の姿を。

伊藤玲奈は華やかなひとだった。

活発で前向きで、興味をもったことには一直線に進んでいく。さらに手先が器用で要領もよくてすぐになんでもこなしてしまう天才肌。常に自分に自信をもっており、自然と人望を集めていく。あのひとは多くのひとから憧れられていた。

妹の真由はそんな姉を誇らしく思いつつ、性格が正反対の自分に劣等感を抱えていた。姉がいつも率先して向かうから、必然的に後ろをついていくことが多かった。オモチャも読書も趣味や嗜好や何もかも、洋服以外でも大抵のものがお下がりだ。姉のフィルターを通した後でしか物事に接せられないから自分で価値を決めることも少なくて、姉の劣化コピーになったみたいだと思うこともたまにある。

しかし、真由はそれを不幸だと感じたことはなかった。姉から影響を受けるのは妹の宿命であるし、人格形成において内向的になったのはひとえに自分の資質の問題だと思うから。むしろ、姉が玲奈でなかったら自分はもっと何もできない人間になっていたかもしれない。いつも姉がお手本になってくれるから、大きな水溜まりが行く手を阻んだとしても、そのたびになんとか飛び越えられてきた。姉は劣等感の要因であると同時に、自信の根拠にもなってくれていた。

常に道を示してくれた。

後ろを振り返り振り返りしながら真由を導いていったのだ。

そんな中、玲奈にも未踏の道があった。それはある意味、真由の興味を惹く手掛かりにもなった。

音楽だ。手にした楽器はクラリネット。玲奈は楽器の経験がなく、する気もなさそうだったので、初めて真由の意志で手を出した事物ということになる。小学校三年生から習い始めた。まだ手が小さくて届かない穴があったけど、綺麗な音が出るたびに腹の底から身震いするような歓びがあふれでた。真由は音楽の虜になった。

それからはめきめきと上達していった。小学校を卒業する頃には将来のプロ奏者を嘱望されるほどにまで実力をつけ、実際数々のコンクールでも実績を残した。真由は唯一胸を張れるものを見つけたのだ。

真由があまりに熱中していたからか、玲奈も興味が湧いたらしい。中学ではなんの部活もしてこなかった玲奈は、一念発起し、二年生から吹奏楽部に入部した。真由と同じクラリネットを希望したと聞いたときは、嬉しかった。初めて姉の前に立てた気がした。

けれど、玲奈が演奏を聴かせてくれたことは一度もなかった。

それどころか、コンクールにも参加しなかったらしい。人前での演奏を極端に嫌い、発表会を楽しみにしていた真由や両親を大いにがっかりさせた。

――あのお姉ちゃんが他人の評価を気にするなんて。

よほど下手くそだったのかしら。そこそこプライドの高い姉である、これはないな、と見限ったら恥をかく前にあっさり手を引くのもそう珍しいことではない。まして妹の得意分野となれば比べられるのも嫌なはず。

でも、玲奈はなぜか部活を最後まで続けた。

そして、引退と同時に音楽をやめたのだ。

ＤＶＤを再生する。放課後の練習風景が映しだされた。生徒が回しているのだろう、拙いカメラワークで画面が上下左右にがくがく揺れた。観ているだけで酔いそう。五分ほど通常再生で観続けたが姉はなかなか出てこなかった。

ずっと不思議だったのだ。本当に人前で演奏するのも嫌なくらい楽器が下手くそだったのなら、ではどうして引退するまで続けたんだろう。

「あー、やっと引退したーっ！　はい！　もう音楽は終了いたします！　高校に行ったら今度はスポーツでもしよっかな！」

引退した日、姉は手打ちとばかりにあっけらかんとそういった。聞くに聞けない雰囲気。

姉にとって音楽とはなんだったのだろう。ずっと気になっていた。

当時を知っている先生に、あれこれ聞いてもよかったのだけど、なんだか秘密を嗅ぎ回っているみたいで気が引けた。でも、活動記録なら。卒業アルバムを拝見するようなものだし、偶々覗いてしまってもそれは悪いことじゃないよね？

映像をじっと観ていると疲れるので、薄目にして、なるべく音だけを拾う。吹奏楽部には楽器が上手いひとと下手なひとが入り混じっている。中学から始めたというひとも多いし、当たり前。でも、それぞれ音に個性があって面白かった。

真由は個人レッスンを受けていて吹奏楽部には入らなかった。目指す場所、楽しむ箇所が違っていたので、和気あいあいとした雰囲気を羨ましく思うに留めて、三年間ひとり自宅で練習した。顧問の先生もそれがわかっていたのか真由を勧誘することはなかった。

二倍速で早回ししていくと、個別の練習シーンに移った。クラリネットのパートが映しだされ、その中に玲奈の姿があった。慌てて通常再生。

――うわ。わっ、若い！　お姉ちゃんが若い！

『なに撮ってんの？　見せ物じゃねえっつーの。金取るぞ！』

笑顔で部員たちとふざけあっている。思わず感動してしまった。――ああ、お姉ちゃんだ。同い年の姉というのもおかしな感じだけど、でも姉は姉だった。性格や態度は今とまったく変わらない。

『みんなの分撮ってんの？　あーはいはい。わかりました。吹けばいいんでしょ、吹けば。あとで編集でカットするから！』

部員の説得に嫌々ながら応じる玲奈。

満を持して、クラリネットを構える。

玲奈は練習曲をほんの数小節分だけ演奏したのだった。


「――え？」


次の日、真由はＤＶＤを返しにいった。感想を求められても困るので、先生に手渡すと一目散に逃げ帰った。

姉の音があれからずっと耳にこびりついて離れない。今の真由にも出せない綺麗で奥深い――身を切るような鋭い音色が。ぐわんぐわんと、攻めたてるように鳴り響く。

耳元で問われているようだ。

おまえの音はどんなだ。人前で披露できるだけのものなのか。

真由は音楽が好きだった。ただ好きで、綺麗な音が鳴ったら嬉しかった。続けてきた理由なんてそれだけだ。将来クラリネットの仕事に就けたらいいな、と最近欲も出てき始めていて、音大に行くための進路も考えていた。

甘いのかもしれない。

姉の……同い年の姉の……クラリネットを始めてからたった一年の姉の、あんな完璧(かんぺき)な演奏を聴かされて、真由の自信は揺らいでいた。

玲奈はやはり天才だった。では自分は？　凡人(ぼんじん)であるのは間違いない。天才の玲奈が人前での演奏を固辞したのに、凡人の真由が聴衆に何を聴かせられるだろう。それだけのものをおまえは本当にもっているのか。どうなのだ。

吹いても吹いても昨日までみたいに音を楽しむことができなかった。どんな音も軽くて安っぽいものにしか聴こえない。姉のようにはいかない。

ぐわんぐわんと。

鋭い音色。

「ああもうっ」

才能の差を思い知らされた。

聴くんじゃなかった。

真由はスランプに陥(おちい)った。その日以来、クラリネットを持つことさえできなくなった。

*

その都市伝説のことなら知っていた。地元でもあるし、多少ロマンチックなところもあるから女子の間では有名で、割と信じている子が多かった。

舞台は湖の畔にあるという素敵なペンション。そこで一泊すると忘れたい記憶を取り除くことができるという話である。

十代のうちは、失恋の痛みや恥ずかしい失敗の思い出など、忘れたい記憶のオンパレードだ。その都市伝説を話題にしたとき、大概の場合、思い出暴露大会へと発展した。

「バスケ部のキャプテンに告白されたんだけど、私なんかじゃ釣り合わないと思ってお断りしたの。でも、彼を傷つけてしまったことがずっと心残りで……ぐすっ」

あるひとは自己陶酔に浸って自慢ついでに涙を流し、

「昔ね、イジメに遭ったの。クラスの連中がさ、最近調子に乗ってるとかいって無視してきたのね。モデル事務所にスカウトされたってSNSに投稿した途端にだよ？　ひどいと思わない。でもさ、いつまでも恨んでてもしょうがないかなって。私が全部忘れてイジメもなかったことにすればさ、もう誰も傷つかずに済むよね」

あるひとは自己憐憫に浸ってやっぱり自慢ついでに神妙な顔をしてみせる。

どこまで本当の話かは疑わしい。本気で忘れたいと願うほどの記憶なら軽々しく他人に教えられるわけがないのだから。

密かに告白して手痛く玉砕したことや、誰かをイジメてやりすぎたと後悔したことなど、ひとにいえないからこそしこりとなる。それは時間の経過とともにどんどんと肥大化し、やがて身動きできなくさせていく。何かを始めるのに心の中でストップをかけるのだ。失恋のショックならば新しい恋を、イジメによる後悔ならば友達とする楽しいこと全般を。

ひとに話せる程度のしこりならこのようなことにはならない。忘れたいほどのしこりは、誰にも話さず抱えるしかないのだ。

言ってどうにかなるものでもないことも、わかってる。

このしこりは自分だけのもの、自分にしかわからないものなのだから。

姉の音に躓いた真由の葛藤は、きっと、誰にも理解できない。

「ペンションってたしか、……あった」

自宅のパソコンで調べた。その湖の畔にはペンションが一軒しかなかった。まず間違いなくここだ。関連して都市伝説も調べてみたが、ネットの検索には引っ掛からなかった。ローカルな話題である、わざわざ書き込むほどのものではないと皆思うのだろう。

ＤＶＤで観た内容を忘れたかった。

姉の演奏を耳元から消したかった。

そうでないと、楽しかった頃を思いだせない。

そうしないと、明日からまた音楽を始められない。

真由の目線の先にはいつも姉の背中があって、道を示してくれていたのと同時に道を塞いでもいたのだと気づく。そうして、姉が行こうとしなかった道にひとり向かい、思うまま進行した。そしてまた、ふらふらっと現れた姉が背中を見せて立ち塞がった。

ああ、これは劣等感だ。身近なところに天才がいて、いつも我が身と比べてきた。周囲からは別段姉と自分を比べられたりしなかったけれど、それが不出来な妹への配慮であったことくらいとっくにわかっていた。誰も比べないから、自分で彼我の差を測ってしまう。誰もいわないから、自分で確かめてしまう。姉がいない道を選んだのも比べる材料がない場所を求めたからにほかならない。

――え？　だったら、音楽が好きって気持ちも後付けなんじゃないの？

姉の声で問いかける。

――あんた本当は音楽なんて好きでもなんでもないんじゃないの？

怖くなった。姉を避けたいばかりに自分の趣味嗜好すら捻じ曲げて誤魔化していたかもしれないなんて。こんな気持ち……気づきたくなかった。

もしかしたら、玲奈は真由の本心に気づいていたのかもしれない。妹を思い、妹を傷つけまいとして、妹に演奏を聴かせないようにしていたのだとしたらそれは……。考えすぎかもしれないけれど、玲奈は真由にはすごく優しかったから。可能性はあった。

ひどく惨めだ。

忘れよう。

忘れたい。

ペンションに行く決心がついた。

＊

丸川千歳はずっと前から気になっていたことがある。自分の名前についてだ。

千歳はいい。『丸川』ってなんだ？　字義で推量するならば、緩やかに蛇行した川、丸みを帯びた流路、といったところだろう。しかし、千歳は昔から『丸川』と聞くと◯の形を想像し、そんな川見たことない！　と訳もなく反発してきた。最も近い形でいうなら『流れるプール』だろうか。しかし、それは川ではなくプールだ。人工的であり、電力を用いなければ流れることすらできないただの容器。川を名乗ることさえおこがましい。

というわけで、思案した結果、ペンネームには『流ちとせ』という名前を据え置いた。流れるプールの印象が強く出すぎたが、しかたない。当初は本名でいこうと思っていたのだけど、どうにも名前への引っ掛かりが抜けなくて、散々熟考した挙げ句それにした。

千歳はプロの小説家だった。

大学卒業後、一年間フリーターを続けた後に新人賞を受賞し、そのまま専業作家となった。元々本を読むのが好きで、気まぐれに挑戦してみた執筆が思いのほか面白く、そうして出来上がった長編小説をもったいないからと新人賞に応募してみたところ、あれよという間にプロの扉を開いていた。人生、何があるかわからないものである。

一応、ミステリー作家である。が、本格からは程遠く、探偵を名乗る美少年が活躍するというような、いわゆるキャラ文芸とよばれるジャンルを書いていた。デビュー作をシリーズで三本書き、売上げが振るわなかったために刊行はそこで打ち止めとなった。

その後、担当編集から本格ミステリーを書いてみてはどうかと提案されて出来たのが、累計五十万部を超える大ヒット作『〇〇荘の殺人』シリーズであった。探偵役の主人公が行く先々のペンションで殺人事件に巻き込まれるというわかりやすい物語なのだが、作中に登場するペンションは毎回実在するペンションをモデルにしており、建物の構造や周辺の環境などをうまくトリックに落とし込んでいて、聖地巡礼する際のガイドブックとしても使えるということで話題になった。もちろん、モデルにされたペンションのオーナーには許可を得ているが、あくまでもフィクションなので、名称は若干変えている。

これまで登場したペンションは、雪山のペンション、森のペンション、海辺のペンション、草原のペンション、砂漠のペンション——。そして次回作の舞台には湖畔のペンションを、と考えた。

千歳は早速モデルになりそうなペンションをネットで探し、直接訪問して見て回って、決めた。物語の骨子——トリックや登場人物の配置をある程度揃え、プロットも大方完成させた。あとは従業員の仕事内容や、湖畔の細々とした情景、湖畔ならではの宣伝・営業方法や苦労といったことを複数軒から取材して、筆者が理解を深めていくという作業を執筆と並行して行っていく。

取材は、千歳はいつも実際に一泊か二泊して空気を摑むことから始める。目ぼしいペンションを三、四軒ピックアップしてそれぞれのオーナーに事情を話して取材の許可をもらい、宿泊するのだ。大抵、どのペンションも快い返事をくれるものだが、一軒だけノーを突きつけてきたペンションがあった。『レテ』である。

「複数のペンションを取材して共通する事柄などを作中に取り込みたいだけですので、もしご都合が悪いようでしたら『取材協力』のページから名前を削除させていただきます。なので、取材だけでもさせてもらえませんか?」

そうお願いしても、オーナーの遠野愛文は嫌そうな顔を隠そうともせずに、

「お断りさせていただきます」

にべもなく門前払いを食ったのだった。

千歳は意地になった。ほかのペンションの取材はとうに済んでいる。執筆自体は問題なく進められる。しかし、唯一取材拒否をしてきた『レテ』に心残りができた。

取材拒否自体はそれほど珍しいことではない。でも、事情を話し、店舗名を伏せることを条件にすれば、どんなに頑ななオーナーでも少しくらいなら話を聞かせてくれた。『レテ』ほど意固地なペンションはほかになかった。

取材を断られるとますます気になった。

そうして千歳は、客として泊まる分には文句あるまい、と『レテ』に宿泊客として乗り込むようになったのだった。愛文は呆れ、取材に対しては一切応じてくれなかったが、宿泊拒否まではしなかった。そう。ただ泊まりにきただけだもの。居心地を肌で感じて、それを取材とした。一泊できればそれで十分、とそのつもりでいた。

そのつもりでいたのに。

どういうわけか『レテ』の客室で仕事をすると捗った。上がった調子を落としたくな

くて、延泊を希望し、ひたすら書き続けた。延泊は一日、二日と延びていき、結局一週間も滞在していた。その一週間で長編小説を一本書き上げた。人生で最速の記録であった。

頭にいろいろなイメージが浮かび上がるのだ。何が脳を刺激しているのか定かでないが、千歳と『レテ』は相性がいいらしい。それからは仕事で行き詰まったり何本も掛け持ちしたりしたときなどは頻繁に『レテ』を利用するようになった。

取材が絡まなければ愛文も普通に接してくれる。多希とも仲良くなれたし、すっかり常連客になっていた。

本当、人生とはわからないものだ。

湖畔のペンションのお話は、『○○荘の殺人』シリーズ史上最大のヒット作となった。

その日、千歳は不思議な夢を見た。

見覚えのない家のリビングで、聞き覚えのあるメロディをハミングしながら、くつろいでいた。

台所には愛文が立っており、『レテ』でも着けているあのカラフルなエプロンをしていた。焼いているのはハンバーグ。テーブルには醤油に大根おろし、そして山椒の粉末が入った小皿が、それぞれ小スプーンを脇に添えて置かれてあった。煮干しだしの雑煮。きのことベーコンのソテーサラダ。盛り付けもキレイで食欲をそそる。

席に着いて待っていると、愛文が焼きあがったハンバーグをフライパンに載せたまま運んできて、目の前でお皿にサーブする。肉汁を閉じ込めた挽肉がジュウと音を立てている。目で、耳で、鼻で、食欲を刺激する。お好みでソースと香辛料の量を調整し、一口食べる。あまりの美味しさに幸せな気持ちになった。

「どうかな？　こういうのもメニューに入れたいなと思って」

愛文が自信なさげにいった。レストランで出されていてもおかしくない出来栄えなのに、愛文は納得いっていない様子だ。

自分の口から知らないひとの声が出た。

「十分美味しいよ。あとは、メニューを統一することかしら。あい君はさ、和食をやりたいの？　洋食をやりたいの？　お店はレストランなの？　大衆食堂なの？　この前はお蕎麦打ってなかった？　何がしたいの？」

「あ……う……、それはその」

言葉を濁す。欲張りな自分に照れているのか耳まで赤くなっている。愛文のこんな表情は初めて見る。年上なのに、可愛いと思ってしまった。

「全部……かな。全部やってみたいな」

少年のようにはにかんでいった。

はあ、と呆れた溜め息を吐く。それから、かすかに微笑んだ。

「しょうがない子だね、あい君は。まったく子供なんだから。しょうがないから、全部に付き合ってあげるわよ」

「あ、それじゃあ……」

「どんな形態にするのかをきちんと話し合わないとね。全部が叶えられるようなお店ってどんなかしら。ほら、座って。ご飯食べながら一緒に考えましょう」

向かいあって座る愛文にお酒を勧め、グラスを打ち鳴らす。

そのとき、グラスを持つ左手の薬指に指輪が光っているのが見えた。

何気ない日常の一幕を切り取ったような夢だった。

起きてみて、驚いた。どうしたことか、千歳の目から涙がこぼれていた。夢なんて大抵が支離滅裂（しりめつれつ）なもの。たとえ深層心理が、愛文と夫婦仲になることを望んでいる、としたって泣いている意味がわからない。

思えば——。『レテ』の中で一番興味を惹（ひ）いたのは、愛文だった。接客に到底向いていない態度や表情は、慣れてしまえば愛嬌（あいきょう）といえなくもないけれど。初対面のとき、千歳はそこに哀しみを見た気がした。

湖面の揺らぎのような静けさと、微（かす）かに香った花の匂（にお）い。

どんなひとだろう。本当の彼は、夢で見たような少年っぽさを裏に秘めているのだろうか。哀しい気配がその表情を隠しているのだとしたら、それはなぜ——。

溜め息が出た。妄想が過ぎると思った。

情緒（じょうちょ）不安定なのかしら。いま執筆している原稿も行き詰まっているし……そんなことを思いながら起床した。窓から外を覗（のぞ）くと、まだ夜は明けきっていなかった。

『レテ』の朝はいつも早起きだった。

＊

朝食を待つ間、ロビーで新聞を読むのが『レテ』での日課である。

外は晴天に恵まれ、柔らかな朝の日差しがロビー中央にまで届いている。暖かい空気にほっとする。気がつけば鼻唄を歌っていた。

ぎしっ、と床板を踏み鳴らす音がして、振り返る。ロビーの入り口に愛文が立っていた。いつものカラフルなエプロン姿で、腕の袖（そで）を肘まで捲（まく）っていた。朝食を作っていて、出来たから呼びにきてくれたのだ。

「いま、歌を」

「え？」

「鼻唄を歌っていませんでしたか？　『オーバー・ザ・レインボー』、『虹の彼方（かなた）に』」

「ああ！　そうか！　『オズの魔法使い』だ！　何の音楽だったたっけって、タイトルも思いだせなくて、朝起きてからずっと悶々（もんもん）としてたんです！　ありがとうございます！」

「いえ……」

愛文は気が抜けたように呆然（ぼうぜん）としていた。

「オーナー？　どうかしました？」

「……なんでもありません。朝食の準備ができましたので食堂へお越しください」

再びキッチンに引っ込む愛文。食堂は玄関前の廊下を経由した、階段の奥にある。千歳は早速食堂に向かった。

食堂はサンルームだ。裏庭に面しており、愛文が手入れをしているという花壇が目の前に見える。可愛い花が陽に当たって揺れている。かすかに流れてくるクラシック音楽が安らぎを与える。自然光を取り入れた食堂は、寝起きの体に食べ物以外のエネルギーを与えてくれた。

食堂の広さはそれほどでもない。二人掛けのテーブルが六席、四人掛けのテーブルは一席しかなく、宿泊客の人数にあわせてテーブル同士くっつけて対応していた。昨夜泊まっていたのは千歳だけだったので、窓際のいつもの席（と勝手に決めているテーブル）に着いて外を眺めた。本当にいい天気。今日はお散歩でもしようかしら。

まもなく、料理が配膳された。トレーを両手にもって現れたのは小学三年生の多希だった。馴れた様子だが、身体が小さいからやっぱり心許ない。たまにふらつく多希にハラハラしながら食膳が配られるのを見守った。無事配膳が済んで、ふたりして一息つく。

多希がトレーを胸に抱えてがばりとお辞儀した。

「おはようございます！」

「はい、おはようございます。多希ちゃん、今朝はお手伝いしてるんだね。学校は？」

「？　今日土曜日だよ？　お休みだから、今日はお仕事の日なんだ！」

ああ。そうだったのか。曜日のことをすっかり失念していた。フリーランスだと曜日感覚を忘れることが多々あって、小説家は特にひとと接しない分、世間から取り残されて浦島太郎状態になりがちだった。……いや、宿泊施設に泊まっておいてその鈍さはどうなのよ、と自分でも思わなくないけれど。

「今日は団体のお客様が来るんだよ！　千歳ちゃんのお部屋以外も満室なんだ！」

「そっか……。週末はいつもいっぱいだもんね」

平日は閑古鳥が鳴くことも珍しくないが、週末は予約が取れないくらい人気があった。千歳であっても泊まれないことがある。今日は宿泊人数が上限丁度に納まったから追いだされずに済んだらしい。

そうか。団体客がくるのか。……今晩は部屋で大人しく執筆してよう。

千歳は人見知りではないが、かといって人間好きというわけでもない。小説家になったのも、接客しなくて済むから、という打算があってのことだ。一人二人ならまだしも、十人を越える団体客の中に放り込まれたらどうしたって居心地は悪い。その点は愛文も配慮して、夕食を自室で摂れるように計らってくれるから、今回はそれに素直に甘えようと思う。

「でも、大変だね。団体客の相手をするのって。多希ちゃん、まだ小学生なのに」

朝食を頂きつつ、小さな従業員に感服する。

「だって、それが私のお仕事だもん。愛文ひとりに任せてたらお客さんを嫌な気分にさせちゃうし」

「あはは……」

愛文は愛想笑いがうまくない。いつも気難しい顔をしているから誤解されることが多かった。千歳も常連客になってようやく愛文のあれがニュートラルな顔つきなのだと気づく始末だ。

「愛文には困ったものだけど、でも楽しいから平気！」

うわ。笑顔が眩（まぶ）しい。こんな小さな子が接客をがんばっているのに、大人の自分は居心地わるいからって引き籠（こ）もろうとして……。情けないやら、申し訳ないやら。居たたまらない気持ちになる。

「それにね、今日は『虹（にじ）の会（え）』から助（すけ）っ人（と）がきてくれるから！　大変だけど大変じゃないんだ！」

「ああ、そうなんだ」

『虹の会』とはすぐ近くにある旅館のことだ。ここ避暑地の観光協会の先駆けとなった老舗（しにせ）旅館なのだそう。レテとは、オーナー同士が先代からの付き合いで特別仲がよく、人手不足のときにはお互いに出張して助けあっていた。

千歳も助っ人で来たひとの何人かには会ったことがある。料理番が足りないときは調理師が、客室の準備が間に合わないときは仲居さんが来てくれるのだが、さて、今日は誰が来るのだろう。

食事を済まし、食器を返却口に運んでから食堂を出る。客室に戻ろうと階段を上りかけたとき、玄関から口論のような話し声が聞こえてきた。今日の団体客かしら。でも、チェックインするには早すぎる。気になって、角からこっそり玄関のほうを覗き見た。

中学校の制服を着た女の子が、今にも泣きだしそうな顔で、愛文と向きあっていた。

*

真由は挫けそうな心を押して、食い下がった。

「お、お願いします……。お金ならあります。一泊分の料金です……」

「……お金の問題じゃありません。何度もいっているとおり、未成年者を保護者の承諾もなく泊めることはできないのです。それに、今日は満室です」

「廊下の隅っこのほうでもいいんです。お願いします！」

目一杯頭を下げた。しかし、オーナーのひとは首を横に振って、

「駄目です。お引き取りください」

頑として譲らなかった。子供相手に少しくらい手心を加えてくれてもよさそうなものなのに、とは真由の身勝手な甘えだが、宿泊施設を経営する側としてトラブルの元になりそうなものを排除するのは当然のリスクヘッジであった。

中学生の真由がここまで大人に食い下がったのは生まれて初めてのことだった。食い下

がるという行為自体、思えば初めてだったかもしれない。今でも手足が震えている。オーナー側の宿泊拒否の理由を聞き、すぐにも納得してしまいそう。でも、諦めたら駄目だ。この週末を逃したら次は来週以降になる。学生のうちの一週間はとてつもなく長く、さらに音楽をしている真由にとって、楽器から離れている時間が一日でも長引くということが、どれだけ取り返しのつかないことか知っている。

　元の自分に戻りたいだけだった。それ以上を望んでいるわけじゃない。ここに泊まればそれが叶うと聞いてきて、どうして引き下がれるだろう。

大袈裟（おおげさ）でもなんでもなく、真由の人生が懸（か）かっているのだ。必死にもなる。

　オーナーが不機嫌そうな顔つきで黙っているとますます迫力が増した。どんな横車にも応じないという貫禄（かんろく）があり、たとえ親の許可が下りたとしても満室である限り泊めてくれなさそうである。

　悔（くや）しい。せめて掛ける迷惑を軽減したくて朝早くに訪れたのがそもそも失敗だった気がする。夕方、あるいは夜中に押しかけて帰るに帰れない状況を作ったほうがまだ泊まれる確率は高まったかもしれない。他人の迷惑顧（かえり）みず、といったワガママな性格に今だけは憧れてしまう。……そんな性格だったらこんなふうに思い悩まないのだろうけど。

「お引き取りください。仕事の邪魔です」

「ううう……」

萎縮（いしゅく）する。何もいい返せない。無理を承知でお願いしていたから、無理、邪魔、と真っ向からいわれてしまうと、もうどうしようもなくなった。

でも……ならせめて、噂の真偽を明確にしておきたい。

「ここに泊まると記憶を消せるって話、本当ですか……？」

すると、オーナーの表情に険が宿った。その顔を見て思わず肩を震わせた。

「くだらない噂話です。冷やかしが目的なら力ずくで追いだしますよ。さあ、帰って」

問答無用で追いだされる。直接体に触れられたわけじゃないけれど、オーナーの圧が真由の背中をぐんぐん押していく。たたらを踏むように玄関の敷居を跨いで外に出された。

肩を落とし、湖に向かってとぼとぼと歩きだしたとき、背後で玄関ベルが鳴った。

「あの、待って！　ちょっと待って！」

眼鏡をかけた綺麗な女のひとが、真由を引き留めた。靴を履くのに手間取って、前のめりに転ぶ。でも、何事もなかったように立ち上がり、真由に駆け寄ってその手を握った。

出し抜けにこういった。

「さっきの『記憶を消せる』っていう話、詳しく教えてくれませんか!?」

*

千歳が宿泊している客室にこっそり招き入れた。起ち上がったままのパソコンと、机周りに散らばった紙の資料。執筆の凄惨さを物語るドーピング剤、もとい栄養ドリンクの空き瓶が転がる床を前にして、真由が息を呑んでいる。千歳はあはと誤魔化すように笑い、高速でそれらを一箇所にまとめて上から布を被せた。

「どうぞどうぞ、この椅子使って」

千歳はベッドに腰掛け、真由もおずおずと勧められた備え付けの椅子に座った。

「突然ごめんなさい。私、丸川っていいます。ここの常連なの」

「はあ。私、伊藤真由です」

「よろしくね。真由ちゃん。それで、さっき貴女がいってた『ここに泊まると記憶を消せる』っていうの、聞こえちゃって。どういうことなのか詳しく教えてもらえないかなと思って」

常連だから、『レテ』が好きだから……というのもあるけれど、作家としての勘が働いたのだ。これは次回作のヒントになりそうだ、と。

「常連さんなんですか？」

真由が訊いてきた。不思議そうに千歳を見つめた。

「え？　うん、そうだけど」

「あの、……じゃあ、ここには何度も泊まったことがあるんですよね？」

「まあ、そうだね。月に一回は利用してるよ」

その一回で最大十泊したこともある。今回も今日で七泊目だ。片付けねばならない原稿が溜まっているのである。

「だとしたら、あの噂はやっぱり嘘なのかな……」

「あの噂って、その、記憶を消せるっていう?」

「はい。私の学校で流行ってるんです。私の地元はここから自転車で二時間くらいの場所なんですけど、『記憶を消せるペンション』の噂は割と有名なんです」

そうして、真由は話した。湖畔のペンションにまつわる都市伝説を。

そこに泊まるだけで忘れたい記憶を忘れられるという不思議なペンション。

なるほど、と千歳は頷いた。中学生くらいなら、確かにその手の噂に縋りつきたくなることもあるだろう。いや、もしかしたら大人にこそ需要はあるのかもしれない。忘れたい記憶なんて懸命に生きていれば自然と積み重なるものだから。なかったことにはできなくても、引きずっていたくない失敗は誰もが抱えているはずだ。

実際に確かめにこられる行動力は若さの為せる業か。

千歳はなんだかくすぐったい気持ちになった。若いって、恥ずかしくて、眩しい。

「でも、泊まるだけで記憶がなくなっちゃうんなら、私は今ごろ自分の名前さえ覚えていないんじゃないかしら」

「……はい」

真由が溜め息をついた。先の「やっぱり嘘なのかな……」はそこに思い至ったから出た言葉だった。普通に考えれば嘘だとわかりそうなものだけど。

それにしても、

「いやに具体的で特殊な内容だよね。単なる怪談めいたものなら、幽霊がでるとか、昔殺人事件があったとか、どこかで聞いたような内容になりそうなものなのに。あながち嘘とはいえないのかも。記憶にまつわる謂れがこの土地にあったりするのかしら」

「わかりません。いつからある噂なのかも。……でも、噂そのものは、地元のひとならたぶんみんな知ってると思います」

さすがにみんなはいい過ぎだろうが、そこまでいうからには真由の周りでは当たり前にある共通認識なのだろう。地元の子供には有名――か。

「なら、打ってつけの子がいるよ。彼女に訊くのが一番手っ取り早いわ！」

「記憶を消すー？」

可愛らしく目をぱちくりさせて、多希はいった。

「どうしてみんなしてそんなウソ信じてるんだろう」

そうして、花壇の水遣りに戻った。玄関前のアプローチに設えた細長い花壇には色とりどりの花が咲いている。表の看板にある『花と湖畔のペンション』という謳い文句に恥じない見栄えだ。多希は如雨露に水を足しては花壇に撒いて回った。

「ねえ多希ちゃん、みんなしてってことは、よく訊かれるの？」

千歳が訊くと、多希は呆れた口調でいった。

「うん。本当に泊まるだけで記憶がなくなるんですか、って。私ここに住んでますけど、っていったらみんな笑って逃げだすけどね」

多希は真由をじっと窺い、真由は居心地悪そうに視線をそらした。

「その噂の出処に心当たりある？　それか、噂の元になった事件とか出来事とか」

「うーん、聞いたことないよ。知ってたらもっときちんと反論できるんだけど」

知らぬ存ぜぬだけでは噂目当ての宿泊客は納得しないらしい。今の真由や千歳のように。都市伝説には語り広められるだけの理由があって然り——と誰もが思うようで、丁寧に否定しても、隠されているのでは、と疑ってくるのだそう。多希だけでなく、オーナーも冷やかし客に辟易しており、だからあのような厳しい対応を取ったのだろう。

「気になるなあ。誰か知っているひといないかしら」

千歳は純粋な好奇心だが、真由にとっては死活問題だ。納得しないうちは帰れない。

湖のほうから足音がした。体格のいい若い青年がアプローチを渡ってきていた。

青年は多希を見て、後ろにいる千歳に軽くお辞儀をしてから、行き過ぎようとした。それを多希が呼び止めた。

「惣太君、待って」

「……なに？」

「あのね、ウチの噂『泊まったら記憶を消せる』ってやつ。アレがどうして出来たか、惣太君知ってる？」

「……」

　惣太と呼ばれた青年は初対面の真由をまっすぐ睨みつけてきた。その話題の提供者が誰であるか見抜いたようだった。真由は怯えて縮こまった。

「知らない。ていうかさ、そんなのにいちいち付き合う必要ないよ」

「そうなんだけどさー。切りがないからバシッと論破したくって」

「多希ちゃん、今日はやることいっぱいあるんだから、そんなくだらないやつなんて放っておけよ。バカな噂に踊らされるのはバカだけだ。対応するだけ時間の無駄だよ」

　ふん、と鼻息を荒くして立ち去った。多希に話していたのに、言葉の矛先は完全に真由に向いていた。多希にもそれがわかったので、労るように弁解した。

「あのひと、平岡惣太くんっていって、今たしか十七歳だったかな。将来板前さんになるために『虹の会』で修業してるんだよ」

「あ、『虹の会』っていうのは近くにある旅館のことよ。『レテ』に団体客の予約が入って忙しいときは向こうからヘルプできてもらってるんだって。たぶん、それでピリピリしてたんじゃないかしら。あの子、真面目な子だから」

「そうなの！　愛文にお料理教わってるんだよ！　今日もお勉強のつもりできたんだと思う。だから……あー」

　堪えきれず涙がこぼれた。恐かった。同年代の男の子に強い感情をぶつけられたのはこれが初めてだったから。想像以上にショックだった。

　くだらないやつといわれた。

バカともいわれた……。

あなたに私の何がわかるの、と反発したい気持ちもあったが、ただのミーハーと勘違いされたかと思うと気後れと気恥ずかしさで何もいえなくなった。

多希と千歳に慰められながら、しばらく泣いて立ち尽くした。

＊

多希と惣太で客室の準備と掃除を分担して行い、その間に愛文は食材の買い出しに出かけた。忙しそうにしているのを見ても、真由は諦めきれずにいた。

何か秘密があるのかもしれない。従業員さえ知らないような秘密が。そういえば、オーナーの頑なな態度もどこか引っかかる。真由が秘密に迫るようなことを訊いたから無理やり追いだそうとしたんだ。きっとそうだ。そうに違いない。

湖の周りをとぼとぼ歩いていると、ひとり拗ねている真由を見かねたのか、千歳がやってきた。手にはペットボトルが二本。

「お茶しない？　ノド渇いたでしょ」

喉は渇いていたのでありがたく受け取った。

冷たい緑茶を飲みながらゆったりと散歩する。隣を歩く千歳は大人で落ち着きがあって、とても優雅に見えた。素敵なひと。こういう大人のひとになりたいと思わせるほどに。

姉の玲奈とは全然違うタイプ。自分はどちらかというと千歳のタイプに近いと思った。アンタが目指すとしたらこっちでしょ、って玲奈からもいわれそうな気がする。

「聞いてなかったわね。真由ちゃんはどんな記憶を消したいと思っているの？」

「えっと……」

「いいたくないなら聞かないけど。今は都市伝説を抜きにして、悩みごとは吐きだしちゃったほうが楽になると思うよ」

千歳の気安さが心を開かせる。抱えていたものをやっとひとに打ち明けられる。真由は自然と実姉に対する劣等感を吐露していた。

「私はお姉ちゃんと違うんです。何をやっても普通だから」

タイプが違う。真由では玲奈のようにはなれない。目指すこともできない。逃げた先の音楽でもそれをまざまざと見せ付けられた。どんなにがんばったって玲奈は越えられない。あの天才には敵(かな)わない。

強くペットボトルを握りこむ。悔(くや)しかった。

そっか、と千歳は寂しそうに笑った。

「わかるなー。自分の得意分野に未経験者が入ってきて、あっさり追い抜かれちゃう気持ち。きついよね。私もしょっちゅう感じてる」

「お姉さんでも？　そんなに綺麗(きれい)なのに？」

「綺麗？　私が？　あはは、ありがと！　でも、私も全然自信ないんだ。ひとと比べたらどうしても自分の嫌な部分を見つけちゃう。それで、その相手のことを苦手に思っちゃうの。そう思う自分がまた嫌で、自己嫌悪して。でしょ？」

頷く。そうなのだ。大好きなのに、憎い。憎いと思ってしまう自分もまた、憎い。悲しい。己の醜さを自覚するたびに消えてしまいたくなる。

「こんな気持ち気づきたくなかったです」

「だから、記憶ごとなくしたかったんだ？」

「はい。……お姉ちゃんを好きなままでいたかったから」

玲奈が秘密にしてくれていたものを真由が勝手に暴いて、勝手に傷ついた。完全に自業自得。でも、真由が傷つくことを前提にして気を遣われていたことには腹が立った。こうなると、これまでの玲奈の行いすべてに裏があったのではないかと勘繰ってしまう。

悪意のない、善意たっぷりの嘲り。

「ずっと見下されていたんじゃないかって思っちゃうんです……」

「……そうやって葛藤できるのも得難い経験だと思うよ」

「そうでしょうか……」

そんなのは他人事だからいえるのだ。真由は音楽をやめるかどうかの瀬戸際にいる。ここで挫けたら、この先ずっと下を向いて歩いていくことになる気がする。

前を向けば姉の背中が常にあるのだから。

どうして顔を上げて歩いていける？

「憧れっていう越えられない壁を築いちゃうとね、相手の姿まで隠しちゃう」

「え……？」

「みんな、意外と似たようなことで悩んでいるものよ」

どういう意味だろう。みんなとは誰のことをいっているのだろう。

千歳は真由の手を引いた。

「ペンションの裏手に花園があるの知ってる？　行ってみない？　いい気分転換になるから！」

花園へと続く遊歩道の途中、向こうからオーナーと惣太が歩いてきた。千歳に気がつくと、オーナーは足を止めた。

「丸川さん、もうすぐ団体のお客様がお見えになります。私もこれからディナーの準備に取り掛からなければなりませんし、きっと手が空かなくなると思います。もしご用件がありましたらいまお伺いいたしますが」

「あ、そうなんですね。えっと……」

「愛文さん、俺、先に戻ってます」

惣太はオーナーに断りを入れると、そそくさと『レテ』に帰っていった。

すれ違ったとき、惣太はやはり真由を睨んできたが、その目が泣き腫らしたように赤くなっていたのが気になった。どうしたんだろう。オーナーに叱られでもしたのだろうか。

さて、とオーナーは真由を見た。

「それで君はいつまでここにいるつもりですか？」

朝に見た険ある表情は引っ込んだものの、その目は心底呆れ返っていた。真由が答えられずにいると、千歳が代わりに訊いた。

「ねえ、オーナーさん。あの噂ってどうして生まれたんですか？　何か謂れというか、元になる出来事があったんですか？」

貴女までそんなことを、とオーナーは脱力するように肩を竦めた。

「わかりません。いつのまにか定着して浸透していた噂話です。もし本当に記憶が消せるのなら、当ペンションの売りにしています」

「まあ、そりゃそうですよねー」

大人たちは他愛のないお話だったとして締めようとしている。その不満が顔に出たのか、真由が納得いっていないことをオーナーはすかさず察知した。

「君はいま藁にも縋りたい気持ちなのでしょうね。そうまでして消したい記憶とはなんですか？　そこまで深刻だというなら、いま話してみてください。内容次第では宿泊も検討してあげましょう」

降って湧いたチャンスに真由は内心焦った。オーナーはあくまで検討するといったのであって宿泊を約束したわけではなく、また、真由を追い返すつもりで何をいわれても難癖を付ける気でいた。真由は気づかなかったが、横で聞いていた千歳は眉をひそめた。

「えっと……。お姉ちゃんが、その……」

なんていえばいい？　言葉に詰まる。そこへ千歳が口を挟んだ。

「そんな意地悪しないであげてくださいよ」

「なんのことでしょう？」

「真由ちゃんは、憧れのひとの隠された実力を知って打ちのめされちゃったみたいなんです。すっかり自信を失くしてしまって。だから、知っちゃったことをなかったことにしたいんですって」

すごく簡潔にまとめてくれた。そのように聞くと、何だか真由がぶつかった壁から逃げだそうとしているだけのようである。客観的にみると、なんと小さいことだろうと情けなくなった。

「その方は息災（そくさい）ですか？」

オーナーが訊いた。真由は言葉の意味がわからずに首をかしげた。

「そくさい……？」

「お元気ですかって意味よ」

千歳が教えてくれた。わざわざ難しい言葉でいわなくてもいいのに、と若干（じゃっかん）腐る。

「……はい。たぶん元気だと思います。いま、東京の大学に通ってて、今年の春に家を出てからずっと会えてませんけど」

「ご家族の方ですか？」

「私のおね、……姉です」

そうですか、とオーナーは頷き、ペンションへと続く遊歩道を眺めた。

「さっきいた平岡惣太君は、二年前に亡くなったお父さんの跡を継ぎたくて、高校にも通わずに板前になるための修業をしています」

「え……？」

「お父さんの味に追いつきたいとがんばっていますが、そのお父さんはもういません。思い出の味も時間とともに薄れていきます。彼はそれが歯痒くて、噂話を聞くたびに、簡単に思い出を消したいと考えるひとを軽蔑していました」

突然の告白に戸惑ってしまったが、頭では勝手に惣太の立場になって考えてみた。もし玲奈が死んでしまったら、そのとき自分は玲奈との思い出を消したいと願うだろうか。消してもいいと思えるだろうか。

ドキドキと鼓動が速まった。自分は何かとんでもなく軽率なことを考えていたのではないか。惣太に対して、あなたに何がわかるの、と反発したい気持ちはすっかり萎え、反対に何もわかっていなかったのは自分のほうだと気づいて動揺した。

誰かとの思い出を消すということは、そのひとの一部を殺すということ。

「もうすぐ日が暮れます。早く帰ったほうがいいでしょう」

オーナーはそういい残して『レテ』に戻った。こんなところで油を売っている場合か、と諭された気分だ。

「真由ちゃん、せっかくだし……ね」

千歳に気を遣われながら、予定通り丘の上の花園に到着した。

傾き始めた日の光を受けて、真っ白く咲き誇っている。……いや、よく見れば花弁はガラス細工（ざいく）のように透明だ。初めて見る花だった。

「綺麗（きれい）……」

なのに、どことなく寂しく感じられるのはなぜだろう。

写真を撮っておきたくてスマホの電源を入れる。すると、いきなり着信が鳴った。このタイミングを見計らったかのように掛けてきたのは『伊藤玲奈』だった。

一瞬、躊躇（ためら）った後、通話ボタンをタップした。

「も、もしもし」

『あ、やっと繋（つな）がった！　あんたずっと電源切ってたでしょ！　何度掛けたと思ってんの!?』

「お姉ちゃん……」

その声を久しぶりに聞いた。今では遠く離れて暮らしているのに、声だけ聞くとまだ家に居るかのような錯覚（さっかく）を覚える。

玲奈の声はなぜか弾んでいた。

『真由、あんた家出したんだって!?　今朝お母さんから電話があってさ。あんたの部屋に「探さないでください」的な書き置きしてあったって。やるじゃん！　あたしでもそんなことする度胸なかったのに』

……いや、たしかに書き置きはしましたけど。そんな物騒な内容ではない。「用事があって一泊するかもしれませんが翌朝には必ず帰ります。心配しないでください」というようなことを書いた。どこにも『家出』なんて単語は使っていない。

あとでお母さんに連絡しておかないと。警察に捜索願いでも出されたら大変だ。

『私のところに来てるんじゃないかって心配してたからさ。なんだったら口裏あわせてあげよっか？　その代わり、家出の理由教えな。あんた音楽やめたって聞いたけど、それ関係ある？』

「は？　音楽やめたって、何それ？」

『知らない。お母さんがいってたんだよ。ここ何日か、全然クラリネットの練習しなくなったって。続けなよ。あんた、私と違って才能あるんだし』

「はあ？」

思わず大きな声が出た。才能？　私に？　なんの冗談？

「才能なんてないよ、私なんかに」

『おいこら。真由にそんなこといわれたら私の立場はどうなるよ』

「なにそれ……」

相互の認識が食い違う。まるで玲奈のほうが劣っているといわんばかりだ。

「お姉ちゃんのほうが上手いよ、クラリネット」

『……聴かせたことあったっけ？』

「音楽室で四年前のＤＶＤ見つけた。お姉ちゃん、部活でクラリネット吹いてた」

うわちゃー、と受話器の向こうで頭を抱えるような声を漏らす。

『んなもん観るなよー。最悪っ。めっちゃ黒歴史じゃんか』

「なんで!?　すっごく上手かったよ！　今の私なんかより全然！　なのになんでやめたの!?　ワケわかんないよ！　お姉ちゃんのほうがずっと才能あったのに！」

『私のは単なる人真似だろ。お手本は真由だった。で、真由の物真似しかできなくて、これ以上上手くなれそうにないなってわかったから、音楽は中学でやめたの。はい。この話はこれでおしまい！』

「そんなのやってみなくちゃわからないでしょ!?　ていうか、あんなに上手いのにどうしてやめるの!?　練習すればもっと上手くなれるよ！　なれたのに！　どうして!?」

『終われよー。終わらせてよー。お願いだからー』

苦笑が混じったが、玲奈は本気で嫌がっているようだった。

「お姉ちゃんはずるいよ。なんでもできるからってすぐにあれこれ乗り換えてさ」

ずっといえなかった本音がこぼれた。わかってる。こんなのはただの嫉妬だ。たったひとつのことしか誇れない真由には眩しすぎて憎らしい才能。そのたったひとつでさえ軽々と飛び越えていく玲奈はなんて――。

『なんでもできるのと、何かをし続けられるのは違うよ』

これまで一度も聞いたことのない声で、玲奈はいった。

『私には、これだけは誰にも負けない、っていう胸を張れるものがないのよ。上手い下手の問題じゃないよ。時間も忘れて熱中できるものに、コレに人生を捧げたいって思えるような何かに、私はまだ出会えてない。あんたが音楽に懸ける情熱みたいなもんよ。あるかどうかもわからない』

「そんなの……！」

偶々好きになったものが、得意だったものが、そうなるんじゃないの？　そこまで大袈裟なものだとはどうしても思えなかった。気持ち一つでどうにかなるのに。

『あんたにはわかんないよ。すでにもってるあんたには』

心の声を聞かれたみたいに的確に返された。玲奈の声に熱が帯びる。

『自分が実は空っぽなんじゃないかって考えたことある？　遊んでても楽しくないし、音楽もはまらなかったし、スポーツでも感動できなかった。そのときそのときは満足できてもさ、後に残んないんだ。するとね、思うんよ。私ってなんなんだろうって。なんでここに居るんだろうって。生きてる意味あるのかなって。……こわいよ』

それは紛れもなく弱音だった。いつも颯爽としていた姉の口から出たとは思えないそのトーンが、真由の呼吸を止めた。

『才能ってそういうものだよ』

「お姉ちゃん……」

『私はあんたが羨ましい。中途半端な私と違って、たったひとつでも確かなもんがあるあんたがね。聞いたよ、音大目指してたんだって？　だったらさ、やめるとかいわずにがんばんないと』

せっかく才能があるんだから。

私にはない才能が。

「そんな……お姉ちゃんにだって……」

『いっつもそう！　あんた、私の背中をぐいぐい押してくんのよねー。まったくもう、プレッシャーが半端ないったら！』

カラカラと笑いながらそういった。

道の先を歩き、行く先を示してくれた背中は、真由を塞いでいたのではなくて、道に迷って立ち尽くしていただけだった。

顔が見えなかったから誤解した。今もそう。電話の向こう側で玲奈はどんな顔をしているのだろう。才能がない、と努めて明るく告白した姉はいま、どんな顔して――。

『あーあ、私も久しぶりに新しいことに挑戦してみよっかな。せっかく東京にいることだし、才能みつかるかもしれないし。ねえ？』

「お姉ちゃん……！」

知らず涙が込み上げてきた。

憧れは、思いのほか身近にあって、手を伸ばせばすぐ届く距離にいた。こっちから壁を築いて遠ざけたくせに、自分勝手に嫉妬した。お姉ちゃんの気持ちなんて考えもせずに。

バカだ、私……。

『クラリネット、続けなよ』

「……うん。やめない。がんばる」

『がんばれ』

「うん」

『がんばれ』

それから二言三言話し、家出の誤解を解いてから通話を切った。

スマホは、取りだした当初の目的のとおり、花畑を写真に収めてから仕舞った。憶えておこうと思った。二度と忘れたいと思わないよう自戒を込めて。

今でも耳を澄ませば聴こえてくる姉の音。越えられない壁ではなく追い越すべき目標としてこの胸に刻む。

――お姉ちゃんがどう思っていたって、私にとってお姉ちゃんは……。

切ないのに、気持ちは晴れ晴れとしていた。

――お姉ちゃんはお姉ちゃん。私は私だ。

いまはっきりと決別したのだった。

千歳は真由の表情が明るくなったことに気づき、冗談めかして訊いてきた。

「どうする？　今晩、やっぱり『レテ』に泊まりたい？」

首を横に振った。

「帰ります」

急いで帰らないと夜が更けてしまう。お母さんに怒られることも心配だけど、何より早く家に帰ってクラリネットを吹きたかった。

もうここに用はない。今後、噂（うわさ）に縋（すが）りたいと思うこともきっとない。

真由は吹っ切れた顔をして花園を後にした。

＊　＊　＊

真由たちがやってくる少し前、平岡惣太は花園に立ち尽くしていた。

丘一面が【記憶の花】に埋め尽くされている。この中に自分の失われた記憶も咲き誇っているはずだ。この花は自生し、こぼれ種で数を増やすことができた。植え替えしたときも広いと思ったが、あれから二年、花園はどんどん面積を拡大していっている。

大体この辺、と今ならまだ当たりを付けられるが、来年にはもうどこで植え替えしたかわからなくなるだろう。愛文がプレートを用意した理由も今なら理解できる。ここにあるとわかっていても、それがどの花なのかわからないのは哀しい。墓地で父の墓を見分けられないようなものだった。

父はここにいる。正確には、惣太と父との思い出が——。

母ひとり子ひとりの家庭で育った惣太は、離婚した父のことを憎んでいた。

決して裕福とはいえない暮らし、母子家庭というだけで周囲から色眼鏡（いろめがね）で見られてきた幼少期、いじめにも遭（あ）ったし惨（みじ）めな思いもたくさんした。学校から泣いて帰らない日はなかった。父を悪（あ）し様にいう母に感化されたこともあり、不幸であることのすべてが父のせいだと思い込んだ。母は父のことを酒癖（さけぐせ）が悪く酔うとすぐに手をだす乱暴者だったと語り、父に付けられたという傷を見せてきてはいつも泣いていた。そういうときは決まって母が酒を飲んでいて、いつ頃からかアルコール中毒になりかけていた。だらしなく堕落（だらく）していく母にも嫌悪感が芽生（めば）えはじめていたが、この状況も惣太が抱いた感情も元を正せば父が悪いのだと結論づけた。

父とは月に一度会うことになっていた。惣太は父に会うのが嫌だった。父は寡黙（かもく）で何を考えているのかわからず、惣太の顔をじっと見てくる癖があった。不気味でこわかった。面会する場所は父の職場だったから敵地に乗り込むような心細さをいつも感じていた。

父は老舗（しにせ）旅館『虹の会』の板前だった。旅館は立派で風情（ふぜい）があり、ケチの付けようもないほどにサービスが行き届いていて、全国的に人気があるのも理解できた。しかし、父の職場というだけで良いイメージが持てず、ほかの従業員も気に入らなかった。口に出さずとも態度には出ていたようで、そのことだけはよく父に窘（たしな）められた。

なぜ面会場所が『虹の会』だったのか。当時は知りようもなかったが、父から提案したことだったと後に父の同僚だったひとから聞かされた。母が惣太に面会を嫌がるよう父親の悪口を聞かせていたことも、父は初めから気づいていた。口で何を伝えてもきっと息子は聞く耳をもってはくれないだろう。そう考えた父は、働く姿を見せて父というものを感じてもらいたかったと同僚に話していた。口下手なことも理由の一つで、息子と何を話せばいいのかわからない、と悩んでもいたそうだ。

　刃物が置かれた厨房(ちゅうぼう)へ小学生の子供をむやみに立ち入らせるわけにいかない。そこで、父の仕事ぶりを知る唯一の方法が「食事」だった。父は惣太の苦手な食材をあえて選んで調理し、美味(おい)しく食べられるように工夫(くふう)した。小さく刻んで味を誤魔化(ごまか)すのではなく、その食材の味わいを最大限に引きだす「料理」をした。普段母が作るものとはまるで違う、プロの味。大嫌いだった苦い野菜も、骨の多い魚も、父の手に掛かればエビフライやハンバーグに匹敵する大好物に変身した。父の料理だけはどうしても憎めなかった。

　中学に上がり思春期に突入すると、父はおろか母にも反抗するようになった。相変わらず酒飲みの母を軽蔑(けいべつ)し、その母が軽蔑する父はさらに憎らしい存在になった。なぜこのふたりの子供なのかと、自分まで嫌いになりそうなほどに。

　中学三年生の夏。その日の面会は『レテ』で行われた。団体の宿泊客を捌(さば)くのに人手が足らず、父が応援に駆りだされたのだ。よくあることらしく、父は到着するとすぐにキッチンに向かい、オーナーとろくに会話をすることなく調理を開始した。久しぶりに惣太に会えて張り切っていたというのもあったのだろう。

反抗期に入ってからは父と会う回数が極端に減っていた。この面会も今年初めてだった。本当なら会いたくもなかったが、場所が『レテ』だと聞いて考え直した。馬鹿馬鹿しいとは思うけど、学校で流行っているとある噂を耳にしたのだ。もしも叶うなら、惣太は「父の料理の味」を忘れたかった。

父のおかげで舌が肥えた惣太は一般の家庭料理ではもう満足できなくなっていた。母の料理はお世辞にも美味しいとはいえず、自分で作ることのほうが多かったのだが、そうすると嫌でも父との実力差を思い知らされた。父と比べるとなんて品のない味付けだろうか。父を認めたくない気持ちとの間で葛藤する。悔しい。憎たらしい。

知らず知らずのうちに父の「食育」は息子の芯に深く染み渡っていた。

惣太はそれが我慢ならなかった。食事をするたびに父を思いだす。どんな料理も不味く感じられる。日頃の食事の質素さが惨めに思えてくる。母と子の食卓に欠落を意識する。

ほかには何も伝えてこなかったくせに。何もしてくれなかったくせに。餌付けだけで父親面されるのは屈辱的ですらあった。

『レテ』で食事をし、後片付けまで働く父を残して先に帰った。帰ったふりをした。食事を待つ間にペンション内を探索したとき、倉庫と思しき部屋を二階の奥に見つけたのだ。こっそり忍び込み、そこで一夜を明かした。

「もう親父の料理は二度と食べません！　親父の料理の味を忘れさせてください！　お願いします！」

神に祈るように声にだす。これできっと記憶は失われる。そのはずだ。

三ヵ月後、父が急逝した。

『レテ』で働いた後に体調を崩し、入院したまま帰らぬ人となった。持病が悪化したと報告を受けたが、持病があったことすら惣太は知らなかった。

葬儀にやってきた父の同僚や昔からの友人という人達からいろいろと聞かされた。

父がどれほど偉大であったかを。

「惣太君のお父さんの料理目当てに海外からもお客さんが来てたんだ。それくらいすごいひとだったんだよ。お母さんから聞いていないのかい？」

喪主を務める母は悲しむ素振りを見せることなく、父への悪口を自分の知人に触れ回っていた。それを、父の友人たちが叱責して止めた。母はきまり悪そうに逃げていった。

「いいたかないがおまえの母ちゃんは嘘つきだ。父ちゃんが母ちゃんに手を上げたことなんか一度もないからな？　小学生のときに出来た傷を見せてDVだなんだと騒いでいただけだ。本当だぞ？　昔、おまえの母ちゃんの口から実際に聞いた話だからな。今までは夫婦の問題、家庭の問題ってことで我慢してきたが、故人になったら関係ねえ、ダチの名誉をこれ以上傷つけようってんなら俺たちも黙っちゃいねえ」

父の友人たちは揃って頷いた。見渡してみると、参列したひとの数に圧倒された。お棺に縋りついて泣いているひとまでいる。こんなにも多くのひとから愛されていたなんて。生きているうちは気づかなかった。

「惣ちゃんもこれから大変だと思うけど、しっかりやるんだぞ！　父ちゃんの料理を一番食べてきたのは惣ちゃんだもんな。その体の一部は父ちゃんが作ってくれたんだ。大事にするんだぞ！」

力強く肩を揺すられた。惣太は呆然とした。

どうしてそんな大切なことを親父が死んだ後にいうんだよ……。

今さら父親を尊敬しなおすことはできない。父は飯を作る以外には何もしなかったのだし、何もいわなかった。母のいったことが、たとえ嘘でなかったとしても必要以上に誇張されたものであったことはもう認めている。でも、父親らしいことを何一つしてこなかったのはどうしようもない事実であり、育児放棄は立派な虐待なのである。何もしなかった父を正当化することは到底できない。

飯を作る以外何も……。

「どうしよう、俺」

父が作ってくれた体の一部。

大事にしたくても、惣太の記憶からはすでに抹消されていた。


足音がして振り返ると、そこには『レテ』のオーナー、遠野愛文がいた。

肩を並べて花園を眺めた。

「君が『あの部屋』に忍び込んでもう二年が経つんですね。君が記憶を取り戻したいといいに来たときは驚きました。まさかこっそり忍び込んでいたなんて。いわれて、花を『あの部屋』から見つけだすまで全然気づきませんでした」

愛文の声に責めたてる気配はない。罰ならとっくに受けている。惣太は気恥ずかしくなって思わず顔を下げた。

愛文はあの一件を皮切りに『九番目の客室』の管理を厳重にした。倉庫に利用することさえやめ、誰も出入りできないように鍵（かぎ）を掛け、一年置きに鍵穴ごと替えていた。もう二度と間違いが起きないように。

「花を植えたのはどの辺りですか?」

「あの辺です」

指をさす。だが、どこを切り取っても同じ花が咲き乱れるほんの一角でしかない。場所を特定しようとする虚しさは、指さした惣太も、訊ねた愛文も感じていた。

二年前、「取られた記憶は戻らない」と愛文にいわれて、父との唯一ともいえる思い出を失くしたその酷薄（こくはく）さに恐れおののいた。自身ではなく、他人の半身を切り刻んだかのような罪悪感に襲われた。

誰しも記憶に持つ家庭の味。大人になっても忘れない食べ親しんだ味わい。惣太にとってそれは、偶（たま）にしかしない母の手料理ではなく、コンビニ弁当やカップ麺でもない、父が作った料理にほかならなかった。家族の絆だった。父の形見でもあったのだ。

　取り戻さなければと焦った。中学を卒業し、板前修業に入った。『虹の会』の調理場は惣太を歓迎し、温かくも厳しく指導してくれている。父の跡を継ぎたいとは立派な心掛けだ、と感心され、お父さんも天国できっと喜んでいる、と褒めてくれる。——そうじゃない。違うんだ。俺はただしでかした失態を取り消したいだけなんだ。

　父の同僚や、かつて父に手伝ってもらっていた愛文に、父が作っていた料理のレシピを教えてもらった。レシピ通りに作ればそれが父の味だという。けれど、それがかつて幼い惣太に作ってくれたものであったかどうか定かではない。思いだそうとしても料理の見た目は靄に包まれたみたいに思いだせず、何を食べたのかわからなければ味を思い起こすこともできなかった。こんなにもピンポイントに記憶を抹消されるだなんて思いもしなかった。正解がわからないのにどうやって探せというのか。出口のない袋小路に嵌ったみたいで途方に暮れた。

『レテ』に来るたびにこの花園を訪れるのは、記憶を返してもらえないかといじましくも期待しているからだ。

「よくいうじゃないですか。『人は二度死ぬ』って。一度目は肉体の死で、二度目は記憶からの死。一人ずつ忘れていって誰からも思いだしてもらえなくなったとき本当の死が訪れる、っていうやつ。俺、親父のことは憶えています。顔も、声も、ぼんやりとですけど。でも、一番大切な生き様を俺は忘れちまったんです。一番憶えていなきゃならないもんを捨てちまったんです。俺は、親父を『完全』に殺したんです……！」

悔しくて涙があふれた。

無駄と知りつつも板前修業を続けていく意味とは何か。この罪悪感から解放される日はくるのか。人生を賭してまで追い求める意義がはたしてあるのだろうか。

こんな空っぽの自分に。

「きっかけはどうあれ、お父さんは惣太君に道を示しました。立派な板前になるという夢を与えてくれたのです。励みなさい。これからも。――一生」

愛文の声に力はない。それが慰めにすらならないことを知っているからだ。

軽薄だった自分への、これは罰。

「はい……」

憧れは遥か、遥か、遠くに。

決して辿りつくことはない。

＊　＊　＊

前菜はサーモンとトマトのドレッシング和え。スモークサーモンを一枚丸くたたみ、上から二枚、三枚と重ねて巻いていき花弁に見立て、その周りに角切りしたトマトときゅうり、薄切りにした玉ねぎをトッピング。見た目にも華やかだ。カボチャをベースにしたポタージュスープは、足されたペースト状のニンジンと玉ねぎが甘味に一役買っている。薄くスライスして揚がったカボチャはしっとりと。スープに浸して食べると食感の違いが楽しめる。メインディッシュは牛肉の赤ワイン煮。テーブルナイフがすんなりと通るほどトロトロで、口に入れた瞬間に溶けてなくなる柔らかさ。付け合わせのマッシュポテト、ブロッコリー、パプリカが彩りを添える。

愛文のこだわりは近所の農園で作った採れたて新鮮野菜を使用しているところだ。パンも自家製で、『レテ』のファンはその細やかな味わいに感心し、「ほう」と堪らず息をこぼした。

千歳も団体客に混じって舌鼓を打つ。今日は個室に独りきりで居たら、伊藤真由や平岡惣太のことを思いだして感傷に浸ってしまいそうだったのであえて賑やかな場に出てきた。そして、それは正解だった。美味しいものは人と共有したほうがより一層美味しく感じられるのだ。

デザートは紅茶のシフォンケーキ。ホイップクリームの隣に盛り付けられた木苺のジャムも愛文のお手製である。運んできた愛文がその場でコーヒーを注いでくれた。

「とっても美味しかったです」

愛文は嬉しそうに目を細めた。多くを語らずともこの一言で満足感は伝わった。味もそうだが、愛文の料理は見た目と香りを特に重視している節がある。聞くと、愛文にとってそれは哲学なのだそうだ。

「食事は五感でするものです。調理の過程も食事の一環だと思っています。本音をいいますと、煮込んだり焼いたりする音も聴かせたいところですが、さすがにキッチンにまでお客様を引きずり込むわけにいきませんので」

「じゃあもし宿泊客が私だけのときは、それ体験させてもらっていいですか？」

「はい。構いませんよ」

　やった。楽しみが増えた。普段料理なんてしないけど、愛文の料理姿には興味がある。調理中もずっとむすっとしているのかしら。

　あ、そうだ。

「だったら、ハンバーグがいいなあ。あのじうじう立てる音って食欲かき立てるじゃないですか。あ、どうせなら和風ハンバーグがいいです！　オーナーが前に作ったの。山椒が効いてて美味しかったなあ」

「？　ハンバーグをお出ししたことはありますが、和風で作ったことはありませんよ？」

「え？　あれ？　そうでしたっけ？」

　思わず首をかしげる。どこか別のお店と勘違いしたようだ。

「ちょっと聞きたいんだけど、ここの都市伝説って本当なの？」

　隣のテーブルでは、丁度デザートを配膳し終えた多希に、三十代くらいの女性ふたりが訊ねていた。多希は笑って手を振って、

「うそです、うそです」

「えー？　うそなのー？　秘密の部屋とかないの？　開かずの扉とかー？」

「開かずの扉？」

キョトンとして多希が訊き返す。

「ちょっと、こんな小さい子に絡むんじゃないよ！」

「でもさ、あったら面白いじゃない？　『地下室の二重密室』とか！」

「ああそれ、『流ちとせ』の小説のやつでしょ？　たしか森のペンション」

「それそれ！　私、あのシリーズだと森のが一番好きなのよねー。最後まで犯人わかんなかったもん。やっぱさ、ペンションに泊まるとどうしても妄想しちゃうじゃない？　あの都市伝説だって『流ちとせ』が知ったら絶対ネタにすると思うし！」

「わかる！　絶対ネタにするわ、それ！」

酒が入っているふたりは過去作のどれが面白かったかを気持ちよさそうに論評しはじめた。置いてきぼりを食った多希はそそくさと退散し、厨房に引っ込んだ。

千歳は聞くでもなく聞こえてくる賞賛に居たたまらなくなった。

「呼んでいらっしゃいますが？」

愛文が興味なさげにそういった。

「か、からかっているんですか、もう……。私、顔出ししてませんから」

「どうしてです？」

「……注目を浴びるのが苦手なんです。子供の頃、小学校の学芸会で大勢の前で大失敗しちゃった経験があって。今でもたまに思いだして身震いしています」

苦い記憶だった。アイドルよろしく観客に手を振りながら舞台に上がったときに盛大にコケてしまったのだ。たちまち爆笑に包まれた会場で愛想笑いをしつつ出し物を続けなければならなくなったあの日の恥辱（ちじょく）はきっと死ぬまで忘れないと思う。

それ以来、目立ちたがり屋だった小学生は、実は陰で笑われていたんじゃないかと被害妄想に囚われるようになり、それからは人目を気にするようになってしまった。

この先たとえ大失敗することがあったとしても顔バレしていなければダメージは小さいはず。最近は自分がかなりのドジであることをようやく自覚してきているので、千歳にとって顔出しNGは精一杯のリスクヘッジなのであった。

愛文は、そうですか、と頷（うなず）いた。

「丸川さんは美人なのですからもっと前に出てもいいと思いますよ」

あう。変な声がでた。お世辞（せじ）にしても男性から真顔でそんなことをいわれるとどう反応していいか。困ってしまう。愛文のそれは接客マニュアルにあるリップサービスにすぎないのだが、わかっていても千歳は頬（ほお）が赤くなるのを抑えられなかった。

「あ、そ、そうだ！　そうです！」

照れ隠しに隣テーブルでいっていた誤解を解いておく。

「あの私、『レテ』のことをネタにする気なんてないですからね。あの噂（うわさ）も。するにしても許可を頂かないかぎり使うつもりありませんから」

昼間の様子からして、愛文が噂を広められるのを嫌がっているのがわかった。あらぬ疑いをかけられて、今日以降宿泊拒否とかされたら悲しすぎる。

「もちろんです。信頼しております」

真顔でばっさり。それは信頼というよりは牽制に近いものがあった。

でも、もしあの都市伝説を『レテ』とは関係ない場所で聞き及んでいたとしたら、小説のネタにしなかった自信が千歳にはない。単純だが奥行きのある題材は妄想をかき立てる。

——私だったらどの記憶を消すだろう。やっぱり学芸会の記憶かしら。いやでも、あの失敗があったからこそ今の自分があるわけで、そう考えると易々と消していいものとは思えない。あれ？　案外難しいぞ。どうしても消したい記憶なんて思いつかないや。

「オーナーは」

「はい？」

「……あ、いえ、なんでもないです」

愛文に訊こうとして、やめた。話題にされることとさえ飽き飽きしているだろうから。それに愛文なら「ありません」ときっぱりいいそうな気がした。

消したい過去や思い出がないのは幸せである証拠。

千歳はこれまでの自分の半生を思い、誇らしくなった。

この先、忘れたいと願うような出来事がどうか起こりませんように。

（了）

別離の記憶

自分の尻尾（しっぽ）を追いかけて回転したり、腹を見せて床でゴロゴロと寝返りをうったり、気づけばいつもクルクル回っているので『クル』と名づけた。

犬種はヨークシャー・テリア。元気いっぱいの男の子。

室内を縦横無尽（じゅうおうむじん）に駆け回り、たまにフローリングの床を滑っている。やんちゃな性格でこちらのいうことをあまり聞かない困った子だ。でも、怒って放っておくと、いつのまにか擦り寄ってきて甘えてくる寂しがり屋でもある。

「オシャレさんにしてあげようね」

ママがそういい、ハサミを持ちだした。トリミングである。月に一度の美容室ごっこ。ヨーキーは被毛（ひもう）がすぐに伸びるので定期的にカットして清潔にしてあげないといけないのだ。

「結衣（ゆい）ちゃん、クルの頭押さえてて」

「はーい。クル、大人しくしてね」

狭い作業台にぽつんと乗せられると行き場をなくしたヨーキーはじっとする。でもあまり不安がらせると逆効果なので、そんなときは顎（あご）を持ち上げて「よしよし」してあげるといい。犬は安心するともっと大人しくなってくれるから。クルの扱いはお手の物であった。

大人しくハサミを受け入れるクル。ママが「いい子だね」って褒めると舌を二、三回ペロペロ出した。たぶん言葉がわかるんだ。だから結衣も「えらいえらい」と撫（な）でてあげる。クルの目がトロンと細くなる。褒められて嬉しいのかな。それともトリミングが気持ちいいのかな。可愛い顔にこっちまで嬉しくなった。

足の裏、お尻、顔回りのカットを順にしていく。

「はい、おしまい」

ママが道具の後片付けと掃除をしはじめたので、今回は結衣がママに代わってクルのお洋服を見立てることにした。男の子なのでなるべくカッコイイ感じにしてあげたい。ユニオンジャック柄のTシャツは先日買ったばかりの下ろし立てで、着せてみると思ったとおりよく似合った。サマーカットして丸顔が強調されたクルが着るとやんちゃな男の子感が強まった。すごくイケメン。いい感じ。

クルはその場で嬉しそうにクルクル回転し、抱き寄せるとくんくん甘えた声で鳴いた。たぶん「ありがとう」っていっていると思うので「どういたしまして」と返した。


クルが石田家にやってきたのはおよそ一年前のこと。

犬を飼うのが長年の夢だった。最後まで渋っていたパパをなんとか説得し、家族三人で訪れた最寄りのペットショップで結衣はその子を見つけた。生後六ヶ月のヨークシャー・テリア。ケージの中からこちらを見上げるつぶらな瞳に一目惚れした。もうこの子しか考えられなかった。ママも一日で気に入り、パパはふたりが決めたならと口を挟まなかった。こうして、あっさり新しい家族が誕生した。

クルは感情表現がそれしかないのかというくらい、とにかくよく回った。目を回さないか不思議なくらいで、一旦回りはじめると止まるまで結構長い。尻尾を追いかけて回っているときはテンションが高まっていて、床の上をごろんごろん寝返りうっているときはくつろいでいる証拠である。その違いだけはなんとなく見抜けた。

一番わかりやすいのはご飯の催促だ。食事の時間が近づくと餌皿の前でひたすら回ってご飯をねだるのだ。クルのそのおねだりは、パパと結衣には癒しを、ママには苦笑をもたらした。おかわりにも使われるので、餌の分量をきちんと計っているママは、甘やかすまいとなるべく見ないようにしていた。

もう一つわかりやすいシチュエーションは家族の誰かが帰宅したときである。根が寂しがり屋のヨーキーは玄関で物音がするとすぐに駆けつけた。結衣が学校から帰ってくると必ず上がり框のところでクルクル回っている。二階の子供部屋にランドセルを置いてリビングに下りてくるまでずっとくっついてくる。よほど寂しかったらしい。共働きの両親にはいう機会がない「ただいま」を唯一受け止めてくれる存在。クルが家族になってくれたおかげで結衣もまた寂しい思いをせずに済んだ。

反対に、家族が家から出掛けるときはクルも大人しくなる。

鳴くこともも回ることもせず、玄関先でただじっとうずくまり、感情をぐっと抑え込んで見送るその姿勢にはいつも胸を締め付けられた。なんだか可哀相で見ていられない。「いってきます」の挨拶のあとに「絶対すぐに帰ってくるからね」と毎度約束させられる。おかげで放課後は友達と遊びにも行けやしない。誰かが一緒にいてあげないと寂しさのあまり死んでしまいそうなんだもの。まったくクルには困ったものだ。クルが家族になってから、毎日がクルを中心に回っていた。それはとても幸せなことで、パパもママも以前より笑っていることのほうが多くなった。

可愛くて、落ち着きがなくて、やんちゃで寂しがり屋なかまってちゃん。

もうクルがいない生活は考えられなかった。

急に降りだした大粒の雨が窓ガラスに当たって激しい音を立てた。まるで空まで泣きだしたみたいで、クルのか細い鳴き声をかき消した。赤信号で停まるたびに、早くして、と叫ぶ。すると「わかってるわよ！」とママも涙声で叫んだ。どしゃ降りの雨の中を猛スピードでクルマを走らせるわけにいかない。焦って事故を起こしたらそれこそ取り返しがつかなくなる。安全運転で、かつ大急ぎでクルマを走らせた。クルを助けるために。

ほんの十分前の出来事だった。

お散歩当番の結衣がクルを抱いて外へ出た。一旦下ろしてからリードを付けようとしたのがいけなかった。いつもなら家の中か、腕に抱いたままリードを付けるのに、そのときはあまり深く考えずにクルを放してしまった。馴(な)れもあったのだと思う。一目散に駆けだし、門扉(もんぴ)の下の隙間(すきま)をくぐって車道に飛びだした瞬間、しまった、と後悔(こうかい)した。

滅多(めった)に通らないのにそのときに限って狙い澄ましたように走ってきたクルマ。前輪がクルの体に乗りあがり、ぶち、と嫌な音を立てた。クルマはそのまま走り去り、車道には下半身がおかしな方向に折れ曲がったクルが残されて、前脚をばたつかせてありったけの声量で悲鳴を上げていた。

　数秒間放心していた結衣は、まず玄関のドアを開けてママを呼び、すぐさまクルの元へ駆け寄った。だが、クルの惨状を目の当たりにすると手前で足が竦んだ。後ろ脚が潰れている。血が路面に広がっている。つぶらな瞳は何も映っていないかのようにただ一点を見つめ、ひたすらに痛みを訴えて吠えている。どうしていいのかわからない。

　ママがやってきて惨状を理解すると、動物病院にクルを連れていくためすぐにクルマを出した。呆然とする結衣にタオルに包んだクルを抱かせて、後部座席に乗せて出発。雨が降りだしたのはその直後のことだ。

　結衣の感覚ではすべてがゆっくりと経過した。クルが苦し紛れに闇雲に嚙み付いてきたので、結衣は手を嚙まれるがままにしていた。信号待ちのクルマの中、エンジン音とウィンカーの音が静かに煽ってくる。どくどくとクルの鼓動がタオル越しに伝わってきた。命がこぼれていく音のようだ。今にも止まってしまいそうで恐ろしい。

「あ……」

　雨の音がさらっていく。

　クルの声が聞こえない。

　動物病院が見えて、「着いたわ！　クル、もうちょっとだからね！」と振り返ったママはその直後、糸が切れた人形のように固まる娘の姿に息を吞んだ。

噛んでくる顎から力が抜けて、生温かかった息ももう感じない。

「クル……」

結衣の腕の中で苦しみ悶えながら、最後には静かに息を引き取った。

＊　＊　＊

自分のワガママで『レテ』の使用をお願いしたのはこれが初めてだった。

「お泊まり会？」

「う、うん。クラスの友達と私の四人で。あ、あとみんなのお母さんも一緒に。今度の土曜日なんだけど……」

食堂で夕食を食べながら切りだした。向かいの椅子に座ってパスタをフォークで丸めていた愛文は、目まで丸くして多希を見つめた。その驚きっぷりは些か度が過ぎていた。子供が大人に対してただ甘えているだけ――当たり前の光景である。しかし、この二人に限ってはあまりにも突飛な出来事であった。

「愛文、だめ？」

しおらしく肩を竦め、上目遣いにそう訊いた。愛文は喉を詰まらせたみたいに呼吸を止めて、慌ててコップの水を飲み干した。「待ってなさい」と席を立ち、厨房へ引っ込んだ。コップを持っていったから水のおかわりを注ぎにいったのかもしれない。多希は食堂にひとり残されて、緊張をほどくように大きく息を吐きだした。

夕食を愛文とふたりきりで取るのは何も珍しいことではない。宿泊客がいなければ『レテ』はそのまま遠野一家の住まいとなり、食堂もリビングを兼ねた。オフシーズンの期間中、しかも平日ともなると『レテ』の利用客はほぼ皆無となる。常連客の丸川千歳も毎月泊まりにきてくれるが、そうはいっても月の三分の二は住まいのある東京で暮らしている。湖畔には『レテ』以外の民家はなく、誰もおらず、やることもないので愛文と一緒に過ごす時間は割と多かった。

愛文は基本寡黙なので、大抵は多希が一方的にその日あった出来事を語って聞かせている。愛文はにこりともしないが真剣に聞き入ってくれるから話しやすい。内容も覚えていてくれて、偶に「それ、前に話してくれた〇〇ちゃんのことだね」と相槌も打ってくれる。聞き上手というやつなのだろう。大人で男の人だけど、多希は愛文を話し相手として気に入っていた。

けれど、ワガママを口にしたことはこれまでなかった。

赤の他人なのに、里親として多希を育ててくれている愛文。見た目にも若く、本当ならカノジョを作ったり結婚を考えたりしたいだろうに、自分のせいでその自由が奪われている。多希はそう考えていた。どうしてこれ以上物事をねだることができようか。どんなに気を遣っても足りない恩義があったのだ。

愛文だって、口にはしないが心のどこかで多希のことを疎ましく思っているに違いなかった。でも、それは悪いことじゃない。人間なのだから当たり前。むしろ、それでも他人の子供を育ててくれている愛文には感謝しかなかった。実の親子のような無償の愛情を求めるほうが間違っている。

なのに、多希は今日初めて愛文にワガママをいってみた。

クラスのお友達とお泊まり会がしたい——と。

『レテ』の予約状況はすでにチェック済み。今週末に宿泊予約は一件もなく、愛文が老舗(しにせ)旅館『虹(にじ)の会(え)』にヘルプにいく予定も入っていない。観光地は評判に拘(かか)わらず地域一帯で似たような客足になるのでウチが暇ならどこも暇だ。愛文の体も空いていることだろう。ちなみに、オフシーズン期間の遠野家の収入は近所の農家や駅前の飲食店への出稼(でかせ)ぎに頼っている。

客室も体も空いている。お泊まり会を成立させるには、あとは愛文の気持ち一つということになる。許可は下りるだろうか。先ほどの愛文の態度からして難しい気がしてきた。

ドキドキしながら待っていると、愛文が足早に戻ってきた。食べかけのパスタを一旦脇にどかして、テーブルにノートを広げた。ボールペンをくるりと回し、

「お友達とそのお母さんが一緒に泊まりにくるんだったね？」

「う、うん」

「ペアで三組。多希も入れて七人か。それで、それはどういった集まりなのかな？」

「あ、えっと……結衣ちゃんのお誕生日会も一緒にしたいなって」

「誕生日か。じゃあケーキがいるね。ホールケーキの当てがなければ作るけど、あ、バースディ飾りの菓子細工はさすがに作ったことないな。今から練習しないと」

「あの……」

「それか、みんなでケーキ作りをしてみるのはどうだろう？　食材はウチで揃えよう。厨房も貸そう。お母さんたちにも協力してもらって。うん。誕生日の良い思い出になるんじゃないかな」

いいながら、ノートにケーキのレシピとイラストをささっと描いていく。ショートケーキやチョコレートケーキ、季節の果物を載せたフルーツタルトなど、いくつもの種類のケーキの材料と大まかな個数を箇条書きしはじめたところで慌てて止めた。

「待って待って！　その前にお泊まり会……していいの？」

すると、愛文は多希をまじまじと見つめて、ふっと表情を緩めた。

「うん。いいよ。いま確認してきたけど、今週末に宿泊予約はなかったし、僕も予定が空いていた。せっかくだし、精一杯おもてなししよう」

「本当!?　やった！　愛文、ありがとう！」

わーい、と万歳する。てっきり渋られると思っていたので、愛文という唯一にして最大の難関を乗り越えることができてほっと一安心。夕食の途中であることも忘れて愛文と一緒になっておもてなしの内容を考えた。母子ごとに別々のケーキを作って食べ比べしてみるのも面白いかも、となかなか贅沢な企画まで提案してきた。

「愛文、なんだか張り切ってる？」

指摘すると、愛文は照れ隠しなのか明後日(あさって)の方向を向いた。

「多希がお家にお友達を連れてくるのは初めてだからね」

それでなぜ張り切るのか謎であるが、愛文が乗り気になってくれたのは嬉しかった。

しかし、どうしても気になった。ここは愛文の家で多希の実家ではない。間借りしているだけの居候(いそうろう)が我が物顔で友達を家に上げるのは厚かましすぎるのではないか。口にはしないがこれっきりにしようと多希は思った。

本当の親子じゃないのだから、これ以上迷惑はかけられない。

「ほかに何か要望は？　あれば聞くよ？」

誕生日会の飾り付けやお泊まり会の部屋割りなど、『レテ』を好き勝手使ってもいいというので明日学校で友達みんなと話し合おうと決めた。

それとは別に愛文には話しておかなければならないことがある。

「あのね、結衣ちゃんのことなんだけど」

＊

石田結衣にとって遠野多希という女の子はアニメの中に出てくるヒロインのように輝いて見えた。

活発で朗らかで、優しくて運動神経ばつぐんで。何より大人っぽくて素敵だった。家業のペンションで大人相手に接客しているせいだろう。先生相手にも物怖じせず、いつも堂々として自信にあふれていた。同じ三年生なのに六年生のような貫禄。引っ込み思案な自分とは大違い。幼稚園のときの友達以外に新しい友達が作れない結衣は、どんな場面でもクラスの中心になれる多希に憧れていた。

あんなふうになりたい――とは、畏れ多くて思えない。

せいぜい、友達になれたらいいな、と思うだけだが、話しかける勇気がないのでそれも半ば諦めていた。私が友達になってもたぶん退屈させちゃうし……。それ以前に友達になれるかどうかもわからない。多希に拒絶されたら立ち直る自信がないので、彼女の取り巻きのひとりとしてこっそり居られたらそれだけで十分だと思うようにした。

幼稚園のときからの友達のみーちゃんとけいちゃんとはクラスが別で、いつも一緒に下校しているのだが、その日はふたりのクラスのホームルームが長引いて、終わるまでひとり教室で待っていた。ランドセルに入れてあるクルの写真を取りだして眺めていると、背後から誰かが手許を覗き込んできた。

「かわいいね！　その子、石田さんが飼ってる犬？」

心臓が口から飛びだすかと思った。誰もいないと思って油断していたのもそうだが、話しかけてきた相手がなんとあの多希だった。動物を飼ったことがないという多希はクルに興味津々で、いろいろと訊いてきた。結衣はしどろもどろにしか答えられず、いっぱいいいっぱいだったのだが、多希は楽しそうに笑ってくれた。夢みたいだった。多希とクルのことで会話が弾んでいる。こんなに嬉しいことはない。

廊下が賑やかになった。ホームルームが終わったのだ。多希もひとを待っていたらしく、喧騒を聞いた途端に離れていく。じゃあね、と手を振られた。──あ。終わっちゃう。焦った結衣は手を振り返すこともせず、代わりに勇気を振り絞った。

「あ、あのっ！　と、遠野さん、よかったら今度クルに会いにきませんか!?」

ぎゅっと目をつむって返事を待っていると、「いいの？」としおらしい声が返ってきた。多希らしからぬ控え目な声に結衣は大きく頷いた。

「いつ？」

「い、いつでもいいよ！　遠野さんが来たいときにいつでも！」

「本当？　やった！　クラスの子のおうちに遊びにいくの初めて！　約束だよ！」

多希は本当に嬉しそうに笑顔を見せると、元気に教室から飛びだしていった。

衝撃的な告白に、結衣の体はかちこちに固まっていた。

「おじゃましまーす！」

「い、いらっしゃいませ！　遠野さん！」

「多希でいいよー。私も結衣ちゃんって呼ぶね」

約束の日がやってきた。みーちゃんとけいちゃん以外の友達を自宅に招くのは初めてだった。しかも相手はあの遠野多希。彼女にとっても初めてのお宅訪問だというから二重の意味で緊張した。

多希は普段お家の手伝いで忙しく、友達と放課後の予定を立てられないことが多かった。毎回誘いを断るのに気兼ねして、予定が空いたら多希のほうから誘うと取り交わすも、いざ暇ができたら今度はすでに出来上がっている輪の中に入ることに気後れした。そうやって同級生と遊ぶ機会をことごとく見送ってきたという。

「いつでもおいで」という誘い文句は多希には一番ありがたく、お目当てはクルなので話題にあぶれる心配もない。クルのおまけ扱いなのが少しだけ寂しかったが、結衣は多希を精一杯おもてなししようと意気込んだ。

クルが駆け寄ってくると、多希は花のような笑顔を見せた。

「きゃーっ！　クルだー！　クルクルーっ！」

クルはその場でお腹を見せて服従し、そのあとも多希の周りをうろちょろした。珍しい。普段は人見知りするくせに。クルのはしゃぎっぷりが、飼い主である結衣の心中を表現しているみたいに見えて急に恥ずかしくなった。

「クルのお散歩してみる？　今日私、お散歩当番なんだ」

提案すると、多希は目を輝かせた。

「わ！　したいしたい！　どこまでいくの？」

「あんまり運動しすぎちゃうとバテちゃうから、近くの公園まで。お散歩っていうか外の空気を吸わせにいくって感じかな。いつもお家に籠もってるとストレス溜まるから発散させてあげないといけないんだ」

「へー、そうなんだ。クルの面倒しっかり見てて、結衣ちゃんってクルのお姉ちゃんみたいだね！」

　クルのお姉ちゃん。

　それいい。すごくしっくりくる。他ならぬ多希にそういってもらえて自信になった。

「じゃあね。結衣ちゃん、また明日学校でね！」

「うん。バイバイ。た、多希ちゃん」

「多希ちゃん、またいらっしゃいね」

　帰り際、ママと一緒に玄関までお見送り。多希が靴を履いているとクルが、くん、と鳴いた。上がり框のところでおすわりをして、つぶらな瞳で多希を見上げている。クルお得意の「行っちゃやだ」攻撃だ。これを喰らうと五分間はその場から動けなくなる。多希も例に漏れず、靴を履いたまましばらくクルの頭を撫でてあやしつづけた。

「かわいいよーっ。もって帰りたいよーっ」

　クルにメロメロにされた多希も可愛くて、ママと顔を見合わせて笑ってしまった。

　クルのおかげで多希とお友達になれた。

　学校だと多希はいつもクラスメイトに囲まれていて、結衣なんかと話すタイミングがなかなか取れなかったけれど、放課後には多希が遊びにきてくれる。まるでふたりだけの秘密みたい。特別な関係。親友といってもいいかな、なんて。きゃー。

全部全部クルがくれたものだ。宝物だった。幸せだった。

クルのお姉ちゃんになれて、本当によかった。


クルが死んだ。

ショックのあまり部屋に引きこもり、一週間も学校を休んだ。

「おじゃまします」

今日も多希はきてくれた。クラスで配られたプリントや給食のデザートをもって結衣のお見舞いにやってきた。

「結衣ちゃん、きたよ」

多希が声をひそめてこそこそと話しかけてきた。普段なら内緒話をするみたいで面白いのに、いまはその切実な響きに別のニュアンスを感じ取る。

布団から顔を出して多希を見た。多希の顔は真剣そのものだった。

「多希ちゃん……いつもごめんね？」

「いいよ。それよりもね、あの話なんだけど」

多希に手を引っ張られて体を起こす。手を繋いだまま多希はつづけた。

「お泊まりしていいって、うちのオーナーが許可してくれたよ」

「ほんと？」

結衣は頰を歪ませた。笑ったのかどうか自分でもわからなかった。

「やっと消せるんだ。この記憶」

安堵して呟くと、多希はぎこちなく頷いた。

地元でまことしやかに囁かれている都市伝説である。とある湖畔のペンションに一泊すると悲しい思い出を消してくれるという不思議なお話。恐くもあり、ほんのりロマンチックな一面もあって、女子の間では特に親しまれている怪談であった。

有名な観光地ということもあってその手の話は学校の怪談並に数多く存在した。どこそこの旅館には幽霊が出る部屋があるだとか、人気のお土産屋さんには本来売られてはいけない物が売ってあるとか。誰が検証したわけでもないのになぜか一人歩きして出回っているそれら都市伝説に、こうして積極的に関わっていく日が来るなんて、結衣自身夢にも思わなかった。

湖畔にあるペンションが多希の家だと知ったとき興奮したことを覚えている。あのとき都市伝説のことを振られた多希は苦笑いを浮かべて否定していた。お客さんに訊かれていつも迷惑しているとも。ある意味多希の家の悪口をいっているのだと気づいた結衣は、その一回を最後に話題にだすことを自粛した。けれど。

「多希ちゃん、昨夜もね、夢に見たの」

「……」

「クルが……死んじゃう夢ぇ」

いいながら、涙が込み上げてきた。あの日からずっと結衣を苦しめてきた悪夢。夜毎、クルマの後部座席に座り、膝の上でクルが死んでいく様を見た。あの鳴き声が、息するごとに冷たくなっていく感触が、噛まれた手の痛みが、捻れて潰れた下半身の生温かさが、一点を見つめて命をこぼしていくクルの顔が。おまえのせいだと責め立てる。

きちんと家の中でリードを付けておけばクルは死なずに済んだ。不注意にもクルを放さなければこんなことにはならなかった。全部結衣が悪い。結衣さえしっかりしていれば、クルはいまでも生きていられたのに。泣き疲れて眠り、悪夢に苛まれてまた泣いて。その繰り返し。赤く腫れ上がった瞼を苛め抜くようにまた涙をこぼしていく。目の奥がじんと痺れ、頭痛を誘発する。ぼーっとしてきた。また夢に引きこまれそう。

「もうあんな夢見たくない。クルが死ぬトコ忘れたい……」

忘れさえすれば夢に見ることもなくなるはずだから。

クルのことを思うたびにあの無残な死に様しか思いだせないなんて悲しすぎる。

「多希ちゃん、お願い。あの日の記憶を消させて……」

数日前、お見舞いにきた多希に湖畔のペンションに泊めてほしいとお願いしたのだ。

多希と一緒にお泊まり会の計画を立てた。親子合同のお泊まり会ということであればペンションでの宿泊を許してもらえるのではないかと考え、結衣だけでなくみーちゃんとけいちゃんも誘った。ママも結衣を心配していたので、それで気晴らしになるならと承諾してくれた。

準備は整った。あとは一泊して記憶を消すだけである。

「できる限り協力はするね。……でも」

多希はいいにくそうに話した。ペンションで暮らしていて今まで記憶が消えるといった体験をしたことがなく、お客さんに訊かれたときオーナーもまた否定していたことを。

そして、

「うちには怪しいお部屋があるの。絶対に入っちゃいけないっていう客室なんだけど、特別なお客様しか泊めちゃいけなくて、私もほとんど入ったことがないの。いつも掃除は愛文……オーナーがするし、部屋の鍵もオーナーが持ち歩いているの」

きっとそれだと確信する。だが、多希は難しい顔を崩さなかった。

「愛文にさりげなく聞いてみたんだ。特別な客室に泊まってもいいかって。でも、駄目っていわれた。結衣ちゃんが誕生日でそのお祝いも兼ねてるから、特別な日に特別なお部屋で過ごしたいっていっていったんだけど、やっぱり駄目って」

「そうなんだ……」

誕生日……すっかり忘れていた。正直、クルが死んで間もないのに自分の誕生日を喜ぶ気分にはなれなかった。多希はそれさえも活用して結衣のためにいろいろと動いてくれていたようだ。それだけでも十分嬉しい誕生日プレゼントだった。

ぎゅっと手を握られた。

「なんとかしてみる。私、結衣ちゃんに早く元気になってほしいもん!」

多希はやっぱり頼りになる。この子と仲良しになって本当によかった。

結衣の瞳から悲しみに因らない温かな涙がこぼれた。

*

全国的に有名な観光地であっても地元だとなかなか足を伸ばさない、というのはよくあることだ。結衣もママも、みーちゃんとけいちゃんの親子も、ここ避暑地の別荘地を訪れたことがなかった。林道を抜けた先にあった湖はインターネットの画像で見知っていたが、直に見るとやはり印象は大きく異なった。思いのほか広く、凛とした静けさに満ちていた。あまりに綺麗な景色に結衣はしばしクルのことが頭から抜けた。久々に外に出たこともあって本当の気晴らしになっていた。

湖畔に一軒だけ建つ宿泊施設――花と湖畔のペンション『レテ』。洋風の瀟洒な建物と、玄関まで延びる花壇に囲まれたアプローチの美しさにママたちのほうがワーキャーとはしゃいでいた。

玄関に入ると、早速奥から多希が出迎えに現れた。年季の入ったエプロンを着けていてすっかり体に馴染んでいる。普段から着用していることが見て取れた。

「いらっしゃいませ!『レテ』へお越しくださいましてありがとうございます!」

堂に入った接客挨拶にママや友達は「すごいね！」「えらいね！」と口々に褒めそやす。多希は満更でもなさそうにしていたが、結衣と目が合うと神妙に目配せしてきた。自分たちの企みがバレないよう注意を促しているのだ。そして、ちらちらと背後を振り返る。多希の後ろから現れた背の高い男性には特に気をつけて、というふうにも読み取れた。

「お待ちしておりました。当ペンションのオーナーをしております、遠野愛文と申します。今日と明日の二日間、どうぞごゆっくりなさってください」

「いつも娘がお世話になってます」「お世話になります」と大人同士の挨拶が交わされた後、多希が客室に案内してくれた。

「遠野さんのお父さん、怒ってなかった？」

みーちゃんがいった。結衣もそれには同感だった。

「怒って見えるだけであれが普通なの。あんまり笑わないんだ」

多希が困ったようにいった。あれでは客商売に向かない気がする。

でも、父親にしてはずいぶん若く見えた。おじさんというよりお兄さんといった感じで。あとちょっぴりカッコよかった。ママたちも同じことを思ったのかどことなく浮ついていた。

　ほかに予約客がいないのでファミリー向けの大部屋をふたつ借りることになった。多希が『子供部屋』と『母親部屋』に分けて泊まろうと提案し、「それいい！　楽しそう！」と子供が全員乗り気になったのでママたちからも異論は出なかった。

「こういうトコに家族で泊まったことならあるけど、友達だけで泊まるの初めて！」

けいちゃんが興奮気味にいった。隣室に母親がいるとはいえ、宿泊施設で子供だけで一部屋を独占する機会なんてそうそうあることじゃない。荷物を置くだけだったのに、どのベッドで寝るかで揉(も)めて場所取りのジャンケン勝負が白熱し、大いに盛り上がった。

しばらく遊んでいたらママたちが迎えにきた。

「おーい、子供たちー。いつまで遊んでるの？　今からケーキ作るんだから早く来てー」

「あーっ！　ママたち、お化粧(けしょう)しなおしてる!?」

「そ、そんなことないわよ？」

「多希ちゃんのお父さんがカッコよかったからってさー。はしゃぎすぎだよ」

「違うから！　そういうんじゃないから！」

「みんなー、準備できたってー」

多希に呼ばれて厨房(ちゅうぼう)にいくと、作業台の広さと調理器具の多さにこれまたママたちが目を輝かせた。自宅の狭いキッチンだと工程が一つ進むたびに調理器具を片付けないと場所が間に合わないのに、ここだと全工程で必要な器具を一挙に広げて備えておいても問題なく作業ができた。これほどストレスフリーなキッチン環境はおそらくすべての主婦の夢に違いない。

自前のエプロンを着けて、親子ごとにケーキ作りを開始した。多希には愛文が付いてペアとなり、サポート役には板前見習いの平岡惣太(ひらおかそうた)が引き受けてくれた。

「平岡君、料理人目指してるんだって？　若いのにしっかりしてるのねー」

ママたちに褒められて惣太は照れ隠しにそっぽを向いた。

「いえ、自分はまだ目指すとかいえるほど上手くないんで。今日は勉強させてもらうつもりできました」

　ややぶっきらぼうな態度に、「不器用ですから」と言いだしかねない雰囲気だ。「難しい年頃よねー」「男の子なのねー」と生温かく見守る態勢に入ったママたちを尻目に、子供たちはその佇まいをいぶし銀とでも思ったのか興味津々にまとわりついた。

「惣太君ってカノジョいるの？」

「結婚したら子供何人ほしい？」

　ませた質問を浴びせてくる小学生女子たちに困惑する。ねーねー、と絡まれて、たちまち人気者になった惣太は助けを求めるように愛文を見た。しかし、愛文は多希との共同作業に夢中で惣太のことなど眼中にない。

　結衣は遠野親子のやり取りにぎごちなさを感じ取った。小麦粉の分量を計り、ふるい器にかけて細かくしていく。愛文が指示し多希がそのとおり行うが、どこか言葉少なに感じた。はしゃいで楽しそうにしているほかの親子とは大違い。父と母とで違いがあるのかもしれないがこうまで緊張感が漂うものだろうか。

　結衣は知るべくもないが、愛文と多希が一緒に料理をするのはこれが初めてだった。『レテ』での業務では多希が配膳や食器の上げ下げ以外で厨房に入ることはない。調理なんてもってのほかだ。火や包丁があって危ないということもあるが、それ以前に愛文の城を侵してはならないという意識があった。他人だから。多希の愛文への態度には客に対するものと同等の遠慮があった。

　スポンジが焼きあがるまでの間、ホイップクリームとシロップを作り、イチゴやブルーベリーやマンゴーといった種々の果物を切り分けていく。果物は愛文が贔屓にしている卸売業者から仕入れたものだ。生モノで使いきらない端から傷むとわかっているのに大量に仕入れたところに、愛文の今日にかける意気込みが反映されている。それを多希が感じ取れているかどうか。自由に好きなだけ使ってもいいということで、女性陣は洋服選びのように嬉々としてサクランボやオレンジなどを手に取っていった。

　焼きあがって冷ましたスポンジ生地を水平に切って段にし、ホイップクリームを塗っていく。ホールケーキの形に仕上がるといよいよデコレーションに移る。泡立てたクリームを絞り袋に詰め、選んだ口金を駆使してオシャレに着飾っていく。最もテンションが上がる作業だ。

「惣太君すごーい！」

　予想外の才能を発揮したのは惣太だった。回転台を器用に回して等間隔にクリームを絞っていく。機械のような緻密さでホールの上に花を咲かす。瞬く間に飾り立てられたケーキは専門店で売られているものと比べても遜色ない出来栄えだった。

「クリームの大きさは均一だし果物のトッピングのバランスもいい。色合いも綺麗ですね。

私よりも上手ですよ、惣太君」

　愛文に褒められて、惣太はこっそり小さくガッツポーズをしていた。

　惣太につづけとばかりに、子供たちも顔にクリームを引っ付けながら、ケーキのデコレーションをして盛り上がった。

　ケーキが完成し、石田親子が作ったケーキに九本のロウソクを立てて火をつけた。結衣がロウソクを吹き消すと一斉に拍手が沸き起こる。

「結衣ちゃん、お誕生日おめでとー！」

　そのタイミングで、いつのまに用意したのかママたちがクラッカーを打ち鳴らし、多希たちがプレゼントを渡してきた。抱えきれないプレゼントに結衣は顔が綻(ほころ)ぶのを抑え切れなかった。

「みんな、ありがとう！」

　九回目の誕生日。物心ついてからでもまだ数えるほどしかしていない一年に一度の慶事(けいじ)は、心を浮つかせ、もっともっと楽しいことを貪欲(どんよく)に求めてしまう。プレゼントを開けて、ケーキを頬張り、皆で腹を抱えて笑いあう。

　ママが頭を撫(な)でながらいった。

「よかったね、結衣ちゃん」

「うん！」

　よかった、嬉しい――そう思った瞬間、瞼(まぶた)の裏にざわりとよくない影が横切った。

否応(いやおう)なしにクルの死が思いだされた。

「あ……」

クルが事故に遭(あ)ったあの日からまだ十日も経っていない。にもかかわらず、どうして自分は笑っていられるのか。クルは二度と誕生日を迎えられないのに、どうして結衣は自分の誕生日を無邪気に喜べるのか。『レテ』にきてまだ数時間だが、ベッド決めからケーキ作りまで、全部が楽しかった。今日はまだまだ続くし、きっと夜眠るまで楽しいはずである。だって、今の結衣には楽しむ気持ちしかなかったから。

思いだした。クルを殺しておいて、なにを——。

「あああああぁあぁあああぁあっ！」

結衣が突然泣きだした。突発的な癇癪(かんしゃく)に嬉し泣きでないことは誰の目にも明らかだった。結衣のママが慌てて結衣を抱えて厨房から出ていき、皆は呆気(あっけ)に取られた様子で見送った。

ロビーの片隅で泣きじゃくる。ママに抱きかかえられながら、クルに謝りつづけた。

「クル、ごめんね。クル死んじゃったのに、私だけ楽しんでた。ごめんね、ごめんね」

「結衣ちゃん、それは違うわ。クルが死んじゃったのは結衣ちゃんのせいじゃないし、クルは優しい子だから結衣ちゃんがそうやって落ち込んでたらきっと心配すると思うの。でしょ？」

確かに。クルは優しい子だったからママのいうことはもっともだ。でも、それで結衣の罪がなくなるわけでは決してなかった。

天国のクルを安心させる方法はたった一つだけ。

「結衣ちゃん、今日はもう帰ろ？　無理しなくていいからね？」

首を横に振った。それではなんのために『レテ』に泊まりにきたのかわからなくなる。

「……みんながお祝いしてくれたんだもん。最後までいないと」

結衣は改めて決意を固めた。

クルの死を引きずることと、クルの死を忘れること。

どちらのほうがより罪深いことであるかなど、幼い子供には判断のしようがない。

*

母の胸に抱かれて泣いている結衣を見て、多希はロビーの入り口で立ち尽くした。到底入っていける空気でなかったというのもあるが、それ以上に母子の情に見入ってしまっていた。

多希に母親はいなかった。自分が四歳のときに亡くなったことは漠然（ばくぜん）と覚えている。唯一の肉親はどこにいるかもわからない父親だけで、いつ迎えにきてくれるのか、そもそも迎えに来る気があるのかどうかさえ定かではない。もはや顔も覚えていない父親には大した期待を抱いていなかったが、それだけに他家の親子の姿を目の当（ま）たりにするとひとりきりであることをどうしようもなく意識させられた。

親なら、子供が泣いていたらああやって優しくあやして抱きしめてくれるのだ。多希には泣いていても抱きしめてくれるひとはいない。結衣母子を見ているとそれを思い知らされる。

動物を飼いたいとずっと思っていた。家が宿泊施設ではそれもなかなか難しく、まして居候の分際で望むにはわがままの度を越えていた。だから愛文にも頼めなかった。でも、多希は一から家族がほしかった。

――結衣ちゃんってクルのお姉ちゃんみたいだね！

そういったとき、結衣はまさしく弟をもった姉の顔をしていた。

結衣のことが心底羨ましかった。両親がいて親子関係も良好で、その上あんなに可愛いワンちゃんまで飼っている。理想の家族の形だった。多希は結衣の家に行くたびに温かい気持ちになると同時に惨めな思いを味わった。帰り掛けに「クルをもって帰りたい」といったのも実は本心だった。親がいない以上、家族を得るには自分が親になるしかなく、しかし子供である多希には犬猫を家族として迎えるくらいしかやりようがなかった。

肉親がいないというだけで、問答無用で味方になってくれる存在が不確かになる。そんな環境下で育てば早熟するのは当然で、多希は人懐っこいようで実は誰にも心を開いていなかった。

多希が渇望して止まないのは遠慮なく素顔を晒せる相手である。離れていく心配のない、問答無用で味方といえる誰かの存在を欲してやまなかった。

多希は結衣に同情した。両親が健在とはいえクルも家族の一員だったのだ、多希が求めても手に入らない家族をひとり失った悲しみは想像を絶するものだと理解できた。クルが死んだ瞬間なんて忘れてしまいたいに決まっている。

今夜、『九番目の客室』に忍び込む。

都市伝説がウソだろうとなんだろうと構わない。ジンクスや占いと一緒で、信じさえすれば気分は勝手に上向くもの。落ち込んだ心を引っ張り上げるのは、最後は本人の気持ち次第だ。多希の仕事は結衣をその気にさせる舞台を設えることだけである。

「――もしもし。丸川千歳さんの携帯電話でお間違いないでしょうか？」

愛文から宿泊の許可をもらった翌日、千歳に電話していた。

『え？　『レテ』の多希ちゃん？　こんにちは。どうしたの？　私、何か忘れ物したかしら』

「実は――」

千歳に訊きたいことを訊き、計画を微調整していく。

準備は整った。ついに決行のときを迎える――。

＊

夜が更けて、みーちゃんもけいちゃんも布団に入って寝息を立てていた。ほんの五分前まで恋話で盛り上がっていたのに、布団を被ってひそひそと話しているうちに押し寄せた眠気に一気に呑まれてしまったようだ。

でも、電池切れを起こすように仕向けたのは他ならぬ結衣であった。あの後結衣は、クルの死を思考の外へ追いやるために無理やり明るく振る舞った。みーちゃんとけいちゃんは結衣に気を遣って一緒になってはしゃぎ回り、それで体力を使い果たしてしまったのだ。さらに食後に出された大量のケーキがお腹を満たしトドメとなった。

すべては『開かずの客室』に侵入するために。

多希とともに布団から起きだし、部屋を移動する。忍び足で向かった先は洗面所。電気を点けて中に入り、扉を閉めて一旦緊張をほどいた。

「あのふたり、起きてないよね？」

「大丈夫。イビキが聞こえてたから」

小声でこそこそ話す。みーちゃんとけいちゃんの寝息の大きさにふたりして思わず噴きだしてしまった。慌てて、お互いにシーッと人差し指を立てる。なんだかゲームをしているみたいでわくわくしてきた。

「それで多希ちゃん、どうやってそのお部屋に入るの？　鍵、開いてないんでしょ？」

多希の話では『九番目の客室』には鍵が掛かっていて、その鍵もオーナーが肌身離さず持ち歩いているらしい。

こっそり鍵をくすねてきたのかと訊くと、多希は首を横に振った。

「鍵を開けなくても部屋に入れる方法があるの」

「どうやるの？」

「こっち」

そういって洗面所の奥、浴室に入っていく。……えっと。こっちにはお風呂しかないよ？

浴室には、多希があらかじめ運んでおいたのだろう、脚立が立てかけられてあった。

「仲の良いお客さんに聞いたの。廊下に出ずに別の部屋に行く方法ありますかって。そしたら外に出るのともう一つ、天井裏から行けるかもって教えてくれたんだ」

「天井裏？」

「よくわかんないけど、お風呂には天井裏に上がるフタが付いてることがあるんだって。そこから天井裏に上がることができれば、隣の客室に行けるんじゃないかって」

千歳が話した内容とはこうだ。

『調べてみたんだけど、天井裏には界壁って呼ばれる防火と遮音を目的とした間仕切り壁があって、建築基準法によると一〇〇平米以内を囲ってないといけないみたい。一〇〇平米って結構広いから、両隣くらいだったら天井裏は区切ってないかも。試しに覗いてみたら？　お風呂場の天井にフタとかないかしら？』

フタとは換気扇や給湯給水管の点検口のことである。多希は事前にほかの客室の浴室でもフタの有無を確認していた。

「で、昨日こっそり天井裏に上がってみたの。そしたら『開かずの客室』の真上まで繋がってた。反対側は壁があって行けそうになかったけど」

反対側とはママたちの部屋のことだ。どうやらその間取りを知っていたから多希は子供部屋をこちらにしたのだろう。

あとは支柱や梁を避けていくだけで隣室の浴室に行くことができるという。

「たぶんね。私にとってもこれがぶっつけ本番だから確証はないんだけど。準備はいい？」

ごくりと唾を飲み込む。正直、天井裏に上がるのも『開かずの客室』に行くのも恐い。でも、そのために『レテ』に泊まりにきたのだし、多希もここまで準備をしてくれた。今さら後には引けない。

結衣が頷くと、多希は「よし」と笑顔を見せた。

「大丈夫。なんとかなるって！」

脚立を使い、先に上がった多希に引っ張ってもらう形で結衣も天井裏に上がった。真っ暗だった。客室からもってきた備品の懐中電灯を点けると遥か端まで光が伸びた。多希のいうとおり、ママたちが泊まっている部屋のほうには壁があった。

一つの懐中電灯で慎重に天井裏を渡っていく。屋根を支える支柱と斜めに打ち込まれた梁がまるでパズルのように行く手を遮った。身を屈めないといけないほど窮屈ではあるが、このくらいの隙間ならなんとか通り抜けられた。大人だったら絶対に無理。結衣は、このときばかりは背が小さくて痩せっぽちの体に感謝した。

多希が当たりを付けていた辺りまでやってくる。上ってきた浴室の点検口と同じフタがあった。フタをずらし、中を懐中電灯で照らす。思ったとおり、そこは浴室だった。

結衣に懐中電灯を預けて、多希がまず点検口の縁に摑まりぶら下がりながら下りていく。床を照らしてあげると、多希はバスタブの縁に足を乗せて静かに着地した。

懐中電灯を多希にパスし、今度は結衣が下りていく。多希の真似をしてバスタブに足を掛けたところで多希に支えられた。危なげなく結衣も浴室に下り立つことができた。

「多希ちゃん」

「うん。ここが『九番目の客室』で間違いないよ」

浴室を出て、客室内を確認して改めて断言した。シングルルームだけあって広さはさっきまでいた大部屋の二分の一、いや三分の一くらい。寝る以外にやることがなさそうなほど狭い。たぶん、それだけのために作られた部屋なのだ。

記憶を消してくれる部屋。

「これからどうしたらいいの？」

「うーん。私もよく知らないんだよね。なんだろ？　お願いごとするみたいに祈ればいいのかな」

「クルが死んじゃったときのことを忘れさせてください、って？」

「あ、そうだ！　紙に書いてみようよ。ほら、サンタクロースにほしいものをお願いするときみたいに！　そっちのほうが確実だよ！」

サンタクロースの正体を知っている結衣は多希にそれを話すべきかどうか一瞬迷ったが、机に向かいペンとメモ帳をもってきた多希があまりに無邪気だったのでやめた。

懐中電灯の明かりを頼りにメモ帳に文章をつづる。

『クルが死んじゃったときの思い出をけしてください』

あとはこの部屋で眠るだけ。

ふたりしてベッドに入る。暗がりで息を潜めているのにあまり恐くない。多希がいてくれるからだろうか。それとも、クルの死を忘れられるから安心しているのだろうか。

「後ろの足がぺちゃんこになって、苦しそうに息してた。いっぱい鳴いてた。私ね、ずっと抱いてたの。クルのこと。あったかかった。死んじゃった後も、ずっと……」

これで最後かと思うと、思いださずにはいられなくなる。

「多希ちゃんと仲良くなれたのもクルのおかげだった。クルがいなかったらこんなふうに遊んだりできなかった。クルがいたから楽しかったの」

「うん」

クルと過ごした日々を思いだし、微笑（ほほえ）ましく語りあう。

そうだ。クルとの思い出は楽しいものだけでいい。

「クルにバイバイっていうの。クルにありがとうっていいたいの。あのとき、クルに大丈夫、死なないでってことしかいえなかった。だからね、やっとね、いえるの。クルに元気でねって、忘れないねって……いうの……」

瞼が徐々に落ちていき、押しだされた涙が頬を滑った。

多希の手を強く握りながら、結衣は眠りについた。

階下で足音がした。その足音がゆっくりと階段に向かっていくのがわかる。愛文が二階に上がってくる気配を感じ取る。多希は慌てて身を起こし、結衣を起こさないようにベッドから出た。抜き足で部屋の扉の前まで移動し、息を呑んで愛文の動向を窺う。

やはり階段を上り始めた。客室を見回りにきたのか。

愛文の寝室は一階にあり、普段消灯時間を過ぎてから二階に上がることは滅多にない。建物が老朽化しているせいか、廊下の床板を踏む音や扉の開閉音がよく響くので、宿泊客の睡眠を妨げかねないからだ。今夜にかぎり上がってきたのは、きっと気掛かりがあったからだろう。

多希が『九番目の客室』を使っていないかどうか。

どうしよう、どうしよう。子供部屋に多希がいなかったら、まず間違いなくこの部屋を確認しにくるだろう。昨日まで何度も愛文に『九番目の客室』の使用許可を求めた。あの執着が愛文に疑念を抱かせてしまったのだとしたら、この事態は多希の自業自得ということになる。眠った結衣を起こすのは忍びなく、しかし勝手に侵入したのがバレて怒られるのも嫌だった。

すぐさま扉の鍵を開け、廊下に出た。扉の開閉音は、できるだけ静かにしていても、階段を上っている愛文にははっきり伝わったようで、一瞬、足音が止まった。その隙に、多希は隣の部屋の扉の前に移動した。子供部屋から出てきたように見せかけるためだ。

角から姿を現した愛文は、廊下に立つ多希を見て眉（まゆ）をひそめた。

「まだ起きていたのか。どうして廊下に？」

小声でそういった。……よかった。バレてなさそう。

「階段上ってくる音がしたから、気になって」

「早く寝なさい」

「うん。でも、愛文、何しにきたの？」

「……余所（よそ）さまのお子さんを預かっているからね、念のために。今夜は僕も二階で眠ることにするよ」

防犯とか、そういったことの備えのつもりなのだろう。でも、

「隣にはお母さんたちがいるのに？」

「親御さんには安心して休んでいただきたいからね。このことは伝えてあるよ。何かあったら目の前の客室にきてくださいってね」

愛文はママたちが泊まってる大部屋の向かいにあるシングルルームのドアノブに手をかけた。

「多希も何かあったらここにきなさい。ずっと起きているから」

　これから一晩中寝ずの番をするつもりでいるらしい。

「う、うん。わかった」

「……」

　愛文にじっと見られる。早く寝ろと無言で圧力をかけてくる。多希が部屋に入るまでたぶん愛文は動かない。

　為す術（すべ）がない。『九番目の客室』に戻れそうにない。

「お、おやすみなさい」

「おやすみ」

　子供部屋に入る。多希はその足で洗面所に向かった。廊下から『九番目の客室』にはもう行けない。すぐそこで愛文が見張っているかぎり廊下に出ることさえ厳しい。物音ですぐに勘付かれてしまう。

　だったら――、と浴室に入ったところで、気づいた。懐中電灯は『九番目の客室』に置きっぱなしのままだ。あの暗闇の中を明かりもなく、支柱や梁に体をぶつけず、物音一つ立てずに隣室まで行ける自信がない。というか、恐すぎる。さっきは結衣がいたから気にならなかったが、今はひとりきりで天井裏に上る勇気はない。

「結衣ちゃん、ひとりで大丈夫かな……」

　朝まで寝ていてくれれば心細い思いをしなくて済むのだが。

結衣のそばにいてあげたい。そう思うものの、もしいま愛文に気づかれて『九番目の客室』から追いだされたら元の木阿弥である。

このまま朝まで何事もなく過ぎてほしい――そう祈るほかなかった。

*

あの雨の車内にいた。

腕に抱いたクルの体から熱がこぼれ落ちていく。そのまま、発光体となったクルが腕の中からすり抜けて、ふわふわと宙を飛び交った。捕まえようと手を伸ばすも既のところで届かない。クルの光はクルマの外へ飛んでいく。

慌ててクルマの後部ドアを開けたら、場面が家の玄関に変わっていた。

玄関の扉に手を掛けて、靴を履いた自分が見送るクルに手を振っている。

いってきます、というと、悲しそうな顔して、なのに軽快にその場で一回転した。

いってらっしゃい、だったのか。

さようなら、だったのか。

別離の挨拶は済まされた。ただ残念だったのは、それに自分がうまく返せなかったことである。「またね」とか「早く帰るね」といえていたらクルは喜んだはずだから。

もう二度と、ただいま、を告げることはない。

クルの光が弾けて消える。

私の中からいなくなる。

目が覚めた。そこがどこで、なぜひとりで寝ていたのか思いだせなかったが、キャビネットの上に飾られた植木鉢を見た瞬間、結衣の全身は雷に打たれたみたいに痺れた。

それがかけがえのないものだと知っていた。

思いだせないけれど、知っていた。

透明の花に手を伸ばし、やっぱりそうだ、と言葉にならない理解を得た。

*

朝が来て、微睡む意識の中で小鳥のさえずりを聞いた。寝ずの番をすると決めていたが、日の出が近くなるにつれて「もう何事もないだろう」と気が緩んでしまい、椅子に座った状態でいつしかうつらうつらと舟を漕いでいた。ただ、一縷の緊張感がそれでも周囲の変化を警戒していた。

小鳥のさえずりの中に子供の泣き声を聞いた。

覚醒は早かった。愛文はすかさず客室を出た。廊下に立つとはっきりと聞こえた。一番奥の客室の中で子供がわんわんと泣きじゃくっている。

九番目の客室だった。そんな馬鹿な、と一瞬我が耳を疑った。ズボンのポケットを上から押さえると、そこに鍵の感触を見つけた。鍵が開いているはずがない。でなければ、これは空耳か。あるいは、奪われた記憶たちによる怨嗟だろうか。

奥へと進んでいくと、途中で子供たちが泊まっている客室の扉が開いた。出てきたのは多希であった。多希もあの泣き声で目を覚ましたらしい。愛文を通り越して九番目の客室に駆け寄った。ドアノブに手を掛ける。

「待ちなさい！　――っ!?」

締まっているはずの扉があっさり開き、多希が中に入っていく。どうして開いていたのかわからないが、迷いのない多希の行動から、鍵を開けたのは多希だと確信した。愛文も後に続く。

室内では石田結衣がキャビネットの傍らに座り込んで泣いていた。

胸に【記憶の花】を抱えていることからも、すぐに事情は察された。

「この部屋に泊めたのか!?」

呆然と立ち尽くしていた多希を怒鳴りつける。多希はびくりと肩を震わせて、怯えるように結衣と愛文を交互に見た。

床に落ちているメモ紙を拾い、内容を見て思わず握りつぶす。

あの様子だとメモの内容以上のものも奪われている。

「……多希もここで？」

眠ったのかと問うと、多希は首を横に振った。心から安堵する。立場も忘れ、他人の子供より自分の子供を案じたことに、かすかに罪悪感を覚えながら。

「うわあああああぁあぁああ、ああぁあぁあ！」

結衣の泣き声が胸を抉った。

まもなく皆が起きだしてくるまで、遠野親子は泣きつづける結衣をただ見つめることしかできなかった。

＊

「結衣ちゃんが泊まったあの客室は、忘れたいと願った記憶を奪ってくれる特別な部屋なのです」

愛文が結衣の母に語ったのは有名な都市伝説だった。にわかには信じられない話だ。しかし、実際に結衣の身に起きている症状が、噂が真実であることを証明していた。

「結衣ちゃん、クルって名前知ってる？」

母に問われ、不思議そうな顔でふるふると首を横に振った。

結衣はクルの存在そのものを忘れてしまっていた。

メモ紙に書いた内容ではなく、口にしたことが局所的に奪われると聞き、多希はベッドの中での会話を思いだしていた。思い出のすべてを語ったわけではないだろう、しかし虫食いの状態で記憶を保てばより現実との齟齬が多くなる。結衣の脳は、クルは元々いなかったということにした。認識を上書きしたのだ。

結衣の母は怒らなかった。ただ、そうまでしなければならないほど結衣の心が追い込まれていたと知り、涙した。ごめんねと謝り、慈愛を込めていまだぼんやりとしている結衣を抱きしめつづけた。

お泊まり会はこうして終わりを告げた。

数日後、結衣が登校してきた。すっかり元気になった結衣をクラスメイトが囲んで快復を喜んだ。欠席中に迎えた誕生日をクラスでお祝いし、多希も改めて「おめでとう」と声をかけた。

「あ、うん。ありがとう、――遠野さん」

「……」

ふたりが仲良くなったきっかけはクルだった。話題の中心はクルだったし、お家に遊びにいったのもクルに会いに行くという口実があったから。クルがいなかったら多希と友達になれていない、と誰よりも感じていたのは結衣自身である。クルを忘れてしまった結衣には、多希と遊んだ記憶が残っていても、それが現実のものだったとはどうしても思えなかった。

　結衣はもじもじしつつ、多希にそれ以上話しかけることはなかった。

「元気になってよかったね、石田さん」

　友達からただのクラスメイトに戻っただけだ。寂しくもあったが、結衣がクルのことで落ち込まなくなったのは良いことだと思いなおすことにした。

　誰かの家に遊びにいくことはもうないだろう。そして、誰かを家に招くことも二度とないかもしれない。そう思う。それでもいい。どうせこの先そうなのだ。

　下校途中の道がいつもよりも長く冷たいものに感じられた。早足から駆け足に変わり、気がつけば全力疾走して『レテ』まで帰っていた。

　よくわからない感情に衝き動かされて、『九番目の客室』の前に立つ。愛文に侵入経路を自白させられ、浴室の点検口のフタに内側からしか開けられないよう留め金が付けられた。この部屋に入りたければもう正面の扉から入るしかない。

　鍵が掛かった扉を前にして立ち尽くす。この中に結衣の記憶が残っている気がする。せっかく取り除いたクルの死に際の映像だってまだあるかもしれず、選り分けて欲しい記憶だけを探しだせたらどんなにいいかと妄想してみる。

　結衣に多希と遊んだときの記憶だけを戻せたら。

　また友達になってくれるだろうか。

二階の廊下から嗚咽が聞こえてきた。

愛文が近づくと、多希は咄嗟に背中を向けた。愛文に叱られ自業自得だったときっちり理解しているから、泣き面を見られるのがきまり悪いのだろう。

それでも愚痴はこぼれた。

「私とのことも忘れてた……」

「そうか」

「こうなるって教えてくれてたら結衣ちゃんをここに入れたりしなかった！」

そうかもしれない。だが、そうじゃなかったかもしれない。

「それでも僕は、多希に教える気はなかったよ」

試したのが結衣ではなく、多希自身だった可能性もあったのだから。

「どうしてみんないなくなっちゃうの!?　どうして離れていくの!?　どうしてタキをひとりにするの!?」

「多希……」

「お父さん！　なんでいないの!?　お父さんどこ行っちゃったの!?　なんでタキだけお母さんいないの!?　もうやだよぅ……！」

多希が寂しさを理由に泣いているところを初めて見た。お泊まり会で友達が母親に甘えている姿をうらやましく思い、仲の良かった友達からも忘れ去られ、縋りつきたい相手の不在が追い討ちとなって、ついに我慢の限界を迎えたのだろう。

「お父さん！　お父さん！」

多希は愛文を見ようともしない。


ああ、そうだった……。僕は……多希にとって他人なんだ……。


五年前のことを思いだした。妻が死んだ数日後、妻が最後に使った『九番目の客室』のベッドに潜り込んで多希が泣いていた。そのときはまだ都市伝説のことを信じていなかったので警戒することなくその場で多希をあやした。

「お父さん！　お父さんまでいなくなっちゃやだ！」

「そんなことを考えていたのか。大丈夫。お父さんはいなくならない。ずっと多希のそばにいるよ。お母さんと約束したからね」

「本当ね？　絶対だよ！　お父さんはいなくならないでね！」

腰にしがみつき、そのまま泣き疲れて熟睡してしまった。

しばらくして、キャビネットの上にあった植木鉢に透明の花が咲いていることに気づいた。直後、起きだした多希は父の顔を見上げて怯えた声で叫んだ。

「だれ!?　いやあ！　お父さん!?　お父さん、どこ!?」

「多希……？」

「どこいっちゃったの!? お父さん! お父さん!」

多希は父の顔を忘れていた。


多希が泣いている。あのとき以来の癇癪で。

親なら、子供が泣いていたら優しくあやして抱きしめるべきなのだろう。でも。

愛文は動けない。どうしたらいいのかわからない。

「お父さん! お父さん! わああああ!」

多希は抱きしめてくれる腕を待っている。しかしそれは肉親の腕なのだ。実の娘から父親と認識されなくなり親であることから逃げた卑怯者の腕では決してない。

愛文の腕では決して——。

「お父さんは……いつか帰ってくるよ。きっと」

空々しい慰めは多希の泣き声にかき消され、廊下に虚しく消えた。


いつか、きっと。

そんな日は一生訪れないような気がしている。

＊　＊　＊

お泊まり会の前後の記憶は曖昧だった。ケーキ作りのことも誕生日会のこともぼんやりとしか憶えていない。

長い間学校を欠席していたからだろう、ママがすごく心配していた。たぶん風邪を引いていたんだと思うけど、今は全然つらくない。すっかり元気だ。

「今度、多希ちゃんをお泊まりに誘ったら？」

お泊まり会のお礼に、とママが提案した。多希ちゃん？？？

「えっと……？　私、遠野さんと遊んだことあったっけ？」

そういうと、ママは少しだけ寂しそうな顔をした。あの遠野さんをお泊まりに？　なんて声を掛けたらいいかわからないのに、そんなの無理だよう。

不思議なことならもう一つあった。

見たこともない透明な花が結衣の部屋に飾ってあったのだ。ママの話だと、結衣が自分で持ち込んだものらしい。

心当たりはなかった。でも、その花を見ていると胸がざわついた。

ここじゃない、と思った。

植木鉢を抱えて家中を歩き回る。飾るにはどこがいいか、実際に置いてみてしっくりくるところを探した。ママには「お庭に植え替えしたいの？」と訊かれ、パパには「パパへのプレゼントかな？」と勘違いされた。そういうことじゃない。ふたりは何もわかってない。これは結衣にとってとても大切なことなのだ。

そして植木鉢をもってうろうろすること数日。ついに、しっくりくる場所を見つけた。

透明な花は玄関の靴箱の上に飾られた。

「どうしてここなの?」

ママに訊ねられて、結衣は得意げにこういった。

「だって、クルは寂しがり屋だから」

「クル?」

「うん。このお花の名前。ここに置くのはね、学校行くとき見送ってくれて、ただいまをいうときは絶対に玄関にいてくれるから」

それがいつもの日課だといわんばかりに結衣はいい切った。

「前からそうなの!」

ママは涙をぽろぽろこぼしながら結衣の頭を撫でた。「ちゃんと憶えていたのね」と褒めてくれた。嬉しくて、誇らしい気持ちになった。

それから『クル』は石田家の番人となった。

鳴くことも回ることもせず、家人の帰りを今日も大人しく待っている。


(了)

親子の記憶

輸入家具の専門店を始めたのはかれこれ四十年ほど前のこと。海外の有名ブランドの商品をメーカーから直輸入することで、現地価格と大差ない値段で高級家具を販売したことが世間に受けたきっかけだった。家具の買い付けには社長自らが乗りだし、海外では人気がなくても日本人には当たると見抜いてヒットさせた商品も少なくない。確かな目利きと強気の交渉でメーカー側の信頼を勝ち取り商品を充実させた。評判が高まった分だけ注目され、いつしか多くの企業や資産家を顧客に抱えるようになった。今や東京の六本木や銀座にショールームを構えるほどだ。

ここまで決して楽な道のりではなかった。一から会社を興すことがいかに厳しいか、澤龍幸は身を以て知った。運転資金の工面に走り回った日々。下げた頭を踏みつけにされたことは数知れず、あちこちから借り受けた恩と金を完済できたのもここ数年のことである。

苦労して育てた会社は我が子も同然で、いずれ社長の後継を同じく我が子に任せたいと望むのは自然な親心であった。

龍幸は可愛い一人息子をあえて厳しく教育した。早くに妻を亡くし、龍幸も仕事に忙殺されてほとんど息子には構ってあげられなかった。きっと寂しい思いもたくさんさせたに違いない。せめて苦労だけはさせまいと、龍幸は息子には自分が築いてきたものすべてをもらってほしかった。与えられた財産と権利の重みに耐えうる人間に成長してほしかった。ただの七光に留まらない龍幸が理想とする人格者に育ってほしかった。親が子を永遠に養うことはできないし、いつかはひとり立ちさせねばならないのだ。ならばそれまでに立派な男に育て上げることこそ、龍幸の義務であり、亡き妻への義理であると考えた。

龍幸に似て地頭がよかった息子は勉学の成績は申し分なく、学業以外でも他生徒の模範とされるような活躍をしてきた。親として鼻が高い。このまま龍幸が推した東京の大学に進み、行く行くは自分の会社に入社してくれるものと信じて疑わなかった。

しかし息子は、龍幸がよかれと思って敷いたレールから外れていくことになる。

息子が選んだ進路は都外の大学で、卒業後はそのままその土地の零細企業に就職した。大学はともかくどうして地方の、それも吹けば飛びそうな会社に勤めだしたのか、さっぱり理解できなかった。なぜウチに来なかったのか、なぜ父の方針に反発するのか。折にふれて問い詰めるたびに、息子は声を荒げていった。

「父さんは自分がすべて正しいと思っている！　傲慢なんだ！　俺の内面なんて見ちゃいない！　興味もないいんだろうさ！」

「わけのわからんことをいうな！　私の会社に来れば安泰なんだぞ！　何が気に食わないんだ！　世間はおまえが思っているほど甘くはない！　それを知らんのだ！　おまえは駄々を捏ねているだけじゃないのか！　私のいうとおりに生きろ！　それが正解だ！」

「俺には俺の生き方があるんだ！　もうあんたと話すことなんてない！」

それ以来、息子が実家に帰ってくることはなかった。絶縁、とまではいかなかったが、息子のほうはそれだけの覚悟があったのだろう。十数年後、妻帯したことを嫁からの手紙で知らされる始末だ。

勝手にしろと思う反面、息子の暮らしを想像すると気が気じゃなかった。飯は食えているのか。仕事はうまくいっているのか。心配だ。……。

ある日、息子から一本の電話が掛かってきた。

あれほど嫌っていた父に初孫を抱いてほしいといってきたのだ。

＊　＊　＊

夢の中でも仕事をするというのは、気が休まらないばかりか現実はそれほど逼迫した状況にあり寝ている場合かと自責の念に駆られてしまう。が、同時に責任感を体現しているようで誇らしい気持ちにもなった。

机に向かって原稿用紙に万年筆を走らせる。うにょうにょした癖のある字だが自分さえ読めればそれでいい。流れていく水を掬い取るように、思いつく端から言葉に変えて物語を綴っていく。こぼれ落ちた思考はたぶんもう二度と思いだせない。ふとした瞬間に最高傑作を思いついても、言語化した途端にチープなものに変わることなど日常茶飯事。自分の表現力が悪いのか、元々大した物語じゃなかったのか。もどかしさに抗いながら戦っていく。創作の最大の敵は自分自身だ。苦しくて苦しくて、ときに逃げだしたくなる。

机の端にコーヒーカップが置かれた。礼をいいつつカップを手に取り、もはや定番となったカラフルなエプロンを視界に入れて独りごちた。

「それでも情熱は止められないんだ」

わがままをいっている自覚はあった。でも、彼は文句一ついわずに応援してくれた。

それでこそ——だよ。

そういってくれるとわかってた。彼はいつも私のすべてを肯定してくれた。いいひとだ。すごく。もっとたくさんのひとが彼の魅力に気づいてくれたらいいのに。

私はペンを揮う。彼に報いるためにも。

……途中から夢の内容がおかしな方向に変わっていた。

三十分だけの仮眠のつもりががっつりと眠ってしまった。スマホで設定したアラームは一体誰が止めたのか一時間も前に沈黙しており、千歳は「おおぉ……」とひとには到底聞かせられない謎の呻き声を捻りだしていた。いくつもの感情が入り混じった怨嗟であった。

机を見上げると待機画面を映したノートパソコンが、執筆作業が再開されるのを待っていた。あのデジタルの向こう側では今もきっと、数万もの読者が——いやその前に、担当編集者が原稿の到着を貧乏揺すりしながら待っているはずだ。想像し身震いする。締め切りを延ばした期限は明日の朝までだった。今夜中に仕上げねばならない。

流ちとせの最新作は、いつものミステリーではなく、著者初挑戦となる恋愛モノ。文芸雑誌に載せる短編作品で、若い男女の純愛を描いた小説だった。編集部に乗せられてまんまと手を出してみたものの、一向に筆が進まない。いや、ある程度は進んでいる。だが、プロット段階で決めていた結末にこのまま進んでもいいものか悩んでいた。

愛しあうふたりが大きな障害に阻まれて最後には決別するというお話。悲恋だが、それでもふたりの愛は永遠に続いていくという古典的な内容だった。現代版ロミジュリといったところ。見せ場は用意したし、主人公の心情にも細心の注意を払った。こぢんまりだが綺麗にまとまっていて、読者の想像力も借りればそれなりに読める作品になったかと、客観的な分析もできている。だけど……。

「本当にこれでいいのかしら……」

納得がいかない。思いどおりの結末だったのに、書いているうちに自分の中でふつふつと別の感情が湧きあがってきた。

――私が読みたいのはこんな悲しい物語じゃない。

千歳は読者としてならわかりやすい「お涙頂戴」なお話が好きだった。中でも「死別」がクライマックスで展開されるお話は、構えていても号泣してしまう。むしろ、わかった上でその手の作品に手をだしている。不意打ちも嫌いじゃないが、泣こうと決めて泣ける小説を選んでいるので、悲しい展開や悲惨な結末がないと逆に白けてしまうのだ。

だから、いま書いているこの小説の結末は悲しいものでなければならない。そのつもりで書いてきたし、読者もそのつもりで読んでくれるはず。期待を裏切るわけにいかない。なのに、どうして読みたくないと思ってしまっているのか。

頭を抱える。ひと眠りすれば気の迷いも晴れるかと思ったのだけど、時間を浪費しただけで気は変わらなかった。眠気はばっちり醒めたけど。

予定通りの結末を書いて提出すればいい。面白くなければ編集から突き返されるだけだし、賛否を他人に委ねるのも一つの手だ。気の迷いと自覚しているなら、これはきっと時間が解決してくれることなのだ。今さらじたばたするな、みっともない。

それもわかっている。しかし……。

「ああもうっ。やめやめ、気分転換しよ！」

せっかく一昨日から『レテ』に泊まっているのだから、こういうときこそ湖畔の立地を活用しなくてどうする。今日はいい天気だし、近所を散策したらきっと気分も変わるだろう。

客室から出て一階へ。館内には誰もいなかった。

フロントに書き置きがあり、オーナーである愛文が食材の買出しに出てくる旨が書かれてあった。その娘の多希もまだ学校から帰ってきていないのか姿が見えない。常連も千歳くらいヘビーユーザーになると従業員と見做されるらしく、平気で留守番を任されてしまうようだ。無用心だなあ、と呆れつつも書き置きがあるところを見ると、一応ドア越しに声を掛けたのかもしれない。だとすると、寝ていて気づかなかった千歳にも非はあった。

というか、平日お昼に連泊しているペンションに引き籠もってお昼寝までしていることがバレた。若いのにだらしないと思われたかしら。世間的に見てもあまり褒められたものじゃないだろうし、どうなんだ。成人女性として大丈夫か。

からん、とドアベルが鳴った。ランドセルを背負った多希が帰ってきた。

「ただいまー。――あ、千歳ちゃん。おはよう」

「おかえりなさい、多希ちゃん。……おはよう？」

「寝ぐせ」

「んま!?」

多希に指差された箇所は鏡にも映らない後頭部。触れてみるともわっと髪が浮き上がっていた。ぐっと押さえ込んでもぴょんと撥ね上がってしまう。

「こっちきて。濡れタオル温めるね」

「あ、ありがとう」

キッチンに入り、多希にレンジで温めた濡れタオルを後頭部に当ててもらう。なんだか大人としてよりも人として駄目な気がしてきた。

「情けないかぎりです」

「いいと思う。千歳ちゃんは抜けてるほうが可愛いと思うし。私はそっちのほうが好き」

なんて優しい子なんだろう。その気遣いがますます千歳を落ち込ませた。

多希はいつものように明るく振る舞っていた。けれど、それがフリであることに気づいてしまった。一月ぶりに泊まりに来て、多希を見てすぐに空元気だとわかった。原因ははっきりしないが、もしかしたら以前多希からもらった電話が関係しているのではないかと千歳は感じていた。

　愛文によって厳重に管理された『開かずの客室』に侵入したいと相談を受けたのだ。千歳は自分にもかつて覚えのあった「悪戯心」や「冒険心」に共感して天井裏に上がる方法を教えた。実家の天井裏に上がった経験があり、それほど危ないことだとは思わなかったので協力したのだが、落ち込んでいる多希を見てからは余計なことをしただろうかと気が気でなくなった。悪戯がバレて愛文にこっぴどく叱られた、とか？　それにしては引きずっている影が重すぎる気がする。

「前に電話で話した『開かずの客室』の件、どうなったの？」

　恐る恐る訊ねる。背後では息を呑む気配がした。

「その、私がいろいろ教えちゃったせいで、もしお父さんに怒られたんなら、私からも謝るよ？」

「大丈夫だよ。その話は終わったから」

　きっぱりとした口調。蒸し返してほしくない念がこもっていた。

「そう……」

　多希の沈黙に圧倒され何もいえなくなる。後頭部のタオルも冷めはじめている。もういいよ、といいだすタイミングを図っていると、不意に多希がいった。

「私のお父さんは遠くにいるの。で、お母さんはとっくの昔に死んでるの」

　え？　なんの話？

「お父さんって？」

「うん。おかしいよね。私ね、お父さんの顔も憶えていないんだ。普通さ、死んじゃったひとのこと子供に説明するとき、遠いところにいるとか、お空の上にいるとか、そうやって表現するでしょ？　だとすると、お父さんも死んでるってことになるでしょ？　でも、違うの。お父さんは本当に遠いところにいて、お母さんだけが死んでるの」

「ちょ、ちょっと待って！　多希ちゃん、オーナーの子供じゃ――」

普通にそうなのだろうと思い、あえて訊ねることもしてこなかった。母親が他界していることは愛文の口から聞いているが。いや、愛文の奥さんだったか。……ん？　となると、どうなる？　多希は前妻の連れ子で愛文とは血の繋がりがない、とかかしら。

「私の本当のお父さんは生きて遠くにいるんだよ」

千歳に対してではなく自分に言い聞かせるようにいった。『開かずの客室』が関係しているのかどうかわからないが、多希が落ち込んでいる理由はここに起因するようだ。最近になって「本当の父親」のことを見聞きしたのだろう。きっと多希自身にも整理がついていないことで、誰でもいいから第三者に打ち明けたくなったのかもしれない。

ひとりでは抱えきれない事情。まして小学三年生の女の子には重すぎる話だ。成人していようがなんだろうが受け止める側にも覚悟のいる話だった。

タオルを取って後頭部を確認すると、撥ねていた髪が落ち着いた。お礼を口にすると、多希は平時と変わらぬ笑顔を湛えてランドセルを自室に置きに行った。

どんな言葉も掛けられなかった。不意打ちだったこともそうだが、事情を知らないうちは軽々しく慰めることもできない。多希がそれを求めているとも限らないから。

鬱屈した気持ちになる。

「お父さんは遠いところにいるんだよ、か」

物語ではよく見聞きする言葉なのに、現実で実際に聞いたのは初めてだ。

創作に「死別」をネタにしている自分が人でなしのように感じられた。

＊

その日は千歳のほかに、三組の宿泊客がいた。中高年トレッキングクラブのメンバー三人と、二人の幼児を抱えた若い夫婦、そして高齢の個人客。愛文は人数分の食材を用意するために昼間はペンションを留守にした。夕方以降、すべての宿泊客が到着して皆で食卓を囲むと多希も忙しそうに配膳を手伝っていた。

「皆様、お夕食はお楽しみいただけていますでしょうか。おかわりや追加注文があれば遠慮なくお申し付けください」

愛文が愛想のない顔で訊く。今日は一見客がいないらしく、愛文の態度に誰も面食らうことなく賛辞を口にした。千歳も美味しいですと素直に感想を伝えたが、多希が思い詰めた様子でいたことはいえずにいた。「本当のお父さん」のことを訊くのも憚られた。所詮、千歳は客だから、オーナー一家のプライベートに介入できる立場にない。

夕食後、客室に戻って原稿の続きを書きはじめた。しかし、いまいち筆が乗らない。遠野親子のことが気になってしまう。正確には親子を通して、自分の創作物がいかに陳腐なものかと卑屈になって考えてしまった。

これからも彼らを見掛けるたびにこんな悶々とした居心地悪さを感じてしまうのだろうか。それは非常にまずい。ずっとこの調子だと来月から利用しにくくなるではないか。ここには元々原稿を書くためにカンヅメになりにきているというのに。原稿が書けなくなったら本末転倒である。

二階に上がってくる足音が聞こえた。中年男性たちの話す声がぼそぼそと近づいてきて、それぞれ個室に入っていく。ファミリー向けの大部屋からは子供の泣き声が時折していた。宿泊客は皆、客室に籠もったようだ。今なら一階は空いている。久しぶりにお酒を引っ掛けてみようと思い立ち、客室を出た。

ロビーに行くと一人だけ宿泊客が残っていた。個人で泊まりにきた高齢の男性だった。

彼は千歳に気がつくと、手にしていたグラスを掲げた。

「こんばんは、お嬢さん。どうですかな？　一杯お付き合いいただけませんか？」

男性にとっては挨拶がてら誘っただけのようだが、千歳に断る理由はなかった。フロントへ行き愛文を呼びだしてお酒を注文する。再びロビーに戻り、男性の向かいのソファに腰掛けた。男性は嬉しそうに顔を綻ばせると、テーブルに広げた乾き物を勧めてくれた。

「肴（さかな）も侘（わび）しい爺（じじい）の寝酒も、花を添えるだけで極上（ごくじょう）に変わるのだから不思議なものです」

「あら。ずいぶんと詩的なことをいうんですね。馴（な）れていらっしゃるみたい」

「いやあ、年甲斐（としがい）もなく緊張してしまって。つい背伸びをしてしまいました」

茶目っ気たっぷりに微笑（ほほえ）んだ。余裕ある態度といい、台詞（せりふ）とは裏腹に普段から女性との交際には事欠いていなさそうである。絵に描いたようなロマンスグレーの老紳士だ。

男性は澤龍幸と名乗った。

「実はこのペンションの前のオーナーとは知り合いでしてね。久しぶりに寄ってみたのですが、まさか代替わりしていたとは知りませんでした」

「そうだったんですね。あれ？　でも、事前に電話予約されていたんじゃ」

オーナーが替わったことも知っていたはず。

「ええ、もちろん。しかし今回、私はあいつに会いにきたわけじゃありませんので。まったく、連絡の一つも寄越さないで。困ったやつだ。今ごろ、どこをほっつき歩いているのやら」

悪態を吐きつつも顔つきは穏やかだった。気の置けない友人なのだとわかる。

「丸川（まるかわ）さんはこちらにはご旅行で？」

「あ、いえ。私は——」

自己紹介をし、物書きであることに驚かれ興味をもたれた。普段は無闇にひとに教えないが、龍幸のような年長者は変に気を遣ったりしないので知られることに抵抗はなかった。

それに、いまはスランプ真っ最中。誰かに愚痴を聞いてほしかったのかもしれない。

「――という感じで、結末に納得いかなくて……」

「ふむ。仕事とは最後は妥協です。ここまで、と踏ん切りをつけねばいつまでもズルズルといく。丸川さんのおっしゃるように編集者に委ねてみてもよいのでは？」

「やっぱりそう思います？」

「はい。自分ひとりでやりきろうとせず、誰かに頼ることも大切ですよ」

　さすがは人生の先輩。やけに説得力がある。おかげで少しすっきりした。

　そのとき、注文していた酒が運ばれてきた。お酒の載ったトレーをもってきたのは平岡惣太だった。今夜も調理のヘルプで来ていたようだ。

「お疲れさま。平岡君、今日はもう上がり？」

　キッチンから一度も顔を出さなかったのに、こうして彼が配膳しにきたのは帰りがてらだからだと、私服姿に着替えていたことからも察された。案の定、惣太は頷いた。

「はい。それであの……丸川さんにお聞きしたいことがあって。いま少しいいですか？」

　私に？　と首をかしげる。惣太は何か思い詰めている様子でどうにも断りづらい。龍幸を窺うと、両手を差しだすジェスチャーで自分は会話から身を引いた。その配慮に惣太が先に「すみません」と頭を下げたので、千歳は聞く態勢に入った。

「聞きたいことって？」

「丸川さんがいまのお仕事を選んだきっかけってなんですか？　その、親に止められたりしませんでしたか？」

惣太も千歳の職業については知っている。……頻繁に泊まりに来ているせいでおかしな誤解をされないよう『レテ』で働くひとには釈明のつもりで正体を明かしていた。

「親に止められたことはないけど。でも、どうして？」

訊ねると、惣太はその精悍さに似合わずもじもじしだした。

「前に愛文さんやお客さんたちと一緒にケーキを作ったんです。ネットの動画でデコレーションの仕方を勉強して、家でも見よう見まねで練習して。当日はそれなりのものを作ることができました。自分としてはまだまだかなって思ったんですけど、愛文さんは褒めてくれるし、子どもたちもすごいすごいって喜んでくれて」

惣太もよほど嬉しかったのだろう、くすぐったそうに笑った。

「俺、生まれて初めてやりがいみたいなものを感じたんです。コレだって思ったんです。ずっと板前を目指してきたけど、パティシエを目指すのもいいかなって。子供を喜ばせられるようなケーキ職人もいいかなって」

途方もない夢というわけではない。若き希望に触れて、千歳の胸は熱くなった。

「いいよ！　すっごくいい！　素敵な夢だと思うよ！」

「でも、俺は親父の跡を継ぐって決めたから。そのために『虹の会』で修業をしていて。ずっと面倒見てくれてるひとたちに今さらパティシエになりたいなんていえなくて」

「そっか。惣太君はそのひとたちのことが好きなんだね」

「はい……」

お世話になったひとたちを裏切るようで心苦しいのだろう。何より亡くなった父親にも顔向けできないと考えているようだ。

今の職場への愛着や亡父への誓いを断ち切ることが本当に正しいことなのか。やりたいことを我慢して今の職場に居続けることがはたして誠実といえるのか。葛藤していた。

「でも、こうして相談にきたってことは、もう決心してるんでしょ？」

後押しがほしいのだ。人生に「正解」なんて道はないし、ちょっと年上というだけで偉そうなことはいいにくいけれど、ここはあえて惣太が望む答えを口にした。

「真剣に悩んで出した答えなら、したいようにするのがいいと私は思うよ。私はそうしてきた。たぶん、私の親はずっと心配だったと思うし、いまも心配かけてると思う。でも、しかたないよ。だって、情熱は止められないもの」

するっとセリフが口から滑り出た。借り物の言葉のようで背中がむず痒くなったが、黙って聞いていた龍幸が感心したように頷いた。

「情熱。良い言葉ですね。つまり、進むも退くも君の気持ち一つということです。そして、決めたからには全力でおやりなさい。でなければ、どちらの仕事にも礼を欠く」

年長者の言葉にはそれだけで重みがあった。惣太は背筋を伸ばして龍幸を見た。

それに、と龍幸は微笑をこぼした。

「子供が、自分で選び一生懸命に進んだ道の先で幸せを摑んだとして、それを叱る親はおりません。道の途中で意見が衝突することはあるでしょうが、最後に幸せになればそれでよいのです」

惣太は深々と頭を下げ、礼をいって帰っていった。龍幸のセリフに感銘を受けたようで、その表情は晴れ晴れとしていた。亡父への遠慮が幾分か薄まったように見えた。

「良いパティシエになるといいですね」

千歳も頷いた。真剣に悩んで出した答えならしたいようにしたらいい——いまの自分にも当てはまる言葉だと思う。瓶ビールをグラスに注ぐ。惣太のおかげで良いお酒になりそうだ。

「今日のところは彼の前途を祝して乾杯いたしましょう。我々の出会いについては後日改めるとして」

ちゃっかり次回の約束を取り付けようとする龍幸も抜け目ない。それには愛想笑いで返し、龍幸の焼酎の入ったグラスを打ち鳴らした。

しばらくお酒を楽しんでいると、ふいに龍幸が湿っぽくいった。

「さっきのはね、私のことです。私と息子のことなのです」

「え？」

「ほら、幸せになった子を叱る親はいないという」

「ああ」

「私は息子の行く道にケチを付けた。ですが、息子は最愛のひとと出会い、愛すべき結晶を残した。見ますか？　とても可愛いのですよ、ウチの孫」

スマホを弄って画像を表示させる。玉のように可愛い赤ちゃんが微笑んでいた。

「どうです？　可愛いでしょう」

千歳に見せびらかす龍幸も負けないくらい相好を崩しており、さっきまでの格好よさが台無しだった。でも、好々爺然としている今のほうが素敵に思えた。

「幸せそう。子供が幸せなのはご両親が幸せだからっていいますよね？」

「ええ。私の目から見ても息子は幸せそうでした。愛するお嫁さんと子供がいて、やりたい仕事を見つけ、つつましくも温かい家庭を築いていた。私はその姿を見て気づかされました。ああ、私はただ自分の手で息子を幸せにしたかっただけなのだ――と」

スマホを仕舞う。龍幸は目を遠くにした。

「ただ見守ってあげればよかった。そうしたら、今とは違った未来もあったかもしれません」

「澤さん？」

「息子は二ヶ月前に天国に旅立ちました」

息を呑む。交通事故でね、とあっさりとした口調の中に隠しきれない哀しみを見た。

「じゃあ、お孫さんは……奥様も……」

「幸い、事故に遭ったとき、孫はお嫁さんと一緒に彼女の実家に帰省していました。今もようやく気づけた。

今さらながら龍幸の人相を深く観察した。態度や装いに騙(だま)されていたが、頬(ほお)はこけ憔悴(しょうすい)しているようにも見えた。それが長い人生で刻まれた皺(しわ)や彫りとは別物であることによ

「そうだったんですね」

そちらに」

黙っていると、龍幸は申し訳なさそうに苦笑した。

「いや、湿っぽくなってしまいました。こんなことを話すなんて、どうやら酔いが回ってきたようです。お詫(わ)びに一つ面白い話をお聞かせしましょう。創作のネタに、ぜひ」

突然の提案に驚きつつも、なんだろうと興味が湧いた。

「面白いお話ですか？」

「おっと。自らハードルを上げてしまいましたな。私の思い出話なのですが、では期待せずに聞いていただきましょう」

そういうと、龍幸はまるで『レテ』を俯瞰(ふかん)するかのように天井を見上げた。

「これは、とあるペンションにまつわる奇妙な体験談でしてな」

優しい声音(こわね)で紡(つむ)がれる物語は、反しておどろおどろしいものにも聞こえた。

それは、半ば都市伝説のようなものだった。

＊　＊　＊

イギリスに海外留学していた頃、大学の知人に紹介されたアルバイト先で、龍幸は運命的な出会いを果たす。

バイト先の会社は大手家具メーカーで、龍幸に割り振られた仕事は倉庫番だった。出荷予定の家具を運搬・整理する力仕事が主だったが、高校時代はラグビーで鳴らしたこともあって体力には自信があった。時給は高額。同僚も気のいい体力自慢ばかり。相性のいい職場だった。

そこへ、同年代の日本人が訪問してきた。貧相な体つきで背も低く、およそ倉庫番にそぐわない体格をしていた。まさか新入りバイトか、とにわかに不安になったが、違った。そいつは個人的に家具を買い付けにやってきた上顧客であった。

先輩の同僚からは「いけ好かないクソガキだ」と聞かされた。有名な資産家の息子で、定期的に住居の家具を一新するのが趣味らしく、会社の大株主特権を利用して直に倉庫で家具を物色するのがお気に入りなのだそうだ。もちろんお代はすべて親がもつ。典型的な道楽息子であった。苦学生だった龍幸からすれば天敵ともいえる存在だが。

「おや？　日本人がいるぞ！　君、日本人だろ！　ははっ、やっぱりそうだ！」

道楽息子のほうから声をかけてきた。無視しているとしつこく付きまとわれた。

「無視しないでくれよ。日本語通じるんだろ？　僕は寺内萬治だ。よろしく！　いやあ、こんなところで日本人に会えるなんて嬉しいよ！　アルバイトかな？　今晩一緒に飲まないか？　ウチに招待しよう！」

馴れ馴れしい上に強引。こいつとは合わないな、と早々に見切りをつけた。

「ふむ。どこまでも無視しようってんなら、しかたない。君に仕事を与えよう！　仕事なら文句はないだろう。ほら、そこのソファを買うから今から僕んちに運んでくれ。まさか嫌とはいわないよな？」

上司からも直々に頼まれてしまい、龍幸は渋々、萬治の自宅に行くことになった。

「ようこそ、我が家へ！　歓迎するよ！　新しき友よ！」

以来、何度も呼びだされた。その度に家具を取り替えるのはさすがにどうかと思い、同郷と同年代のよしみから注意した。すると、

「誤解しないでくれ。古い物を捨てているわけじゃない。僕はリサイクルには肯定的だ。良い品物なら中古品でもほしくなる。ただ、飽きっぽくてね。要らなくなった物は、必要だというひとにちゃんと譲っているよ。ほら、学校の後輩とかご近所さんとか」

時は七十年代。国際連合環境計画の発足に伴い、世界的に環境保護の機運が高まった。特に先進国ではようやく一般人の意識にまでリサイクルの概念が浸透していった。大量廃棄を反省し、少ないながらも「再利用」に価値を見いだす者が現れはじめた時代である。

「それで、今度ほしくなったのがこの家ってわけか」

「そのとおり！　オシャレだろ？　イギリスらしい洗練されたデザインだ」

今回呼びだされたのは市中のアパートではなく、郊外にある一戸建てだった。

古い木造物件だった。イギリスといえばロンドンの街並に見る石造りの建造物をイメージしがちだが、木組みと石壁とをあわせたハーフ・ティンバー建築という木造建築もメジャーである。この物件もそれに近い。

郊外とはいえ、あまりに広すぎる邸宅に龍幸は呆気に取られた。

「一体いくらした？　いや、その前に、住むのか？　ここに、ひとりで？」

「もう暮らしている。前の所有者が手放したいというから僕が買った！　ほら、見てみろ！　まるで絵本から飛び出てきたみたいじゃないか！」

「何を子供じみたことをいっているんだ」

はあ、と溜め息をこぼす。こいつの浪費癖はやはり理解しがたい。

いつからか、龍幸と萬治はざっくばらんに話せる間柄になっていた。友人といえなくもない。が、お互いに『気があう』と認めていないところがまた珍妙だった。

誤解していたが、萬治はたしかに放蕩息子ではあるが、学生でありながらすでに事業を興しており、散財はすべて彼のポケットマネーからであった。成功は親の後ろ盾あってのことだと本人も自覚しており、しかしなに遠慮することなく、その生まれ持ったアドバンテージをフル活用して商才を伸ばしていた。持たざる者からしたら憎たらしい限りだが、萬治のそういった開き直りはいっそ清々しく、龍幸は萬治の生き様から不覚にも多くのことを学んでいた。使えるものは大いに利用し、興味あることには散財も惜しまない——その精神はあるいは見習うべきなのだろう。

「しかしこの家、古すぎやしないか？　妖怪か幽霊が出てきそうな雰囲気だ」

手入れはされているようだが、長い間放置されてきたような寂れ方をしている。軋む床板に眉をひそめていると、萬治は目を輝かせた。

「さすが龍幸だ！　勘が鋭いな！　そうとも、この家で過ごしていると人ならざる気配を感じることがあるんだ。もっとも、この国では妖精という言い方がポピュラーだ」

「妖精だと？」

おそらく妖怪や幽霊に近しい概念なのだろうが、「妖精」と表現されると途端に子供じみて聞こえるのはやはり風習の違いか。あまり恐い感じがしない。

萬治は柱に手をついて懐かしむように目を細めた。

「前の所有者というのが父の知り合いでね。まだ日本に住んでいた子供時代、夏休みにここでホームステイさせてもらったことがあるんだ。年上の可愛い女の子が住んでいて、よく遊んでもらった。初恋だったな。甘酸っぱい青春の一ページさ！」

「思い出の家というわけか」

「そうだ。そして、ここには妖精がいる。記憶を奪う妖精がね」

「記憶を？　なんだって？」

「記憶を奪うのさ。ある部屋で寝起きをしているうちにいろんな記憶を奪われてしまったひとがいた」

思わず鼻で笑った。何をばかなことを。

「行ってみるかい？　二階のね、彼女の部屋だったところだ」

萬治に案内されて二階の子供部屋へ。ぎぃ、と木扉が音を立てて開いた。ふたりして中に入る。埃臭いだけでなんの置き物もない空き部屋だった。

いや、よく見れば部屋の片隅になぜか空の植木鉢が置かれてあった。

「あれが、妖精がいる証拠さ」

「意味がわからん。ただの植木鉢にしか見えん」

「そうとも。あれはただの植木鉢さ。だが、あそこに花が咲いたとき、僕たちの記憶だって奪われてしまうんだ。信じられないだろうが事実だ。――妖精はね、いるのだよ」

冗談をいうときのいつもの口調。

だが、そのとき萬治はこれまで見たこともないほど真剣な眼差しをしていた。

＊　＊　＊

「記憶を失う？」

それって……。千歳は思わず天井を見上げた。伊藤真由が信じた噂話。多希が侵入を試みた『九番目の客室』。話に出てきた邸宅の間取と内容が奇妙なほどにリンクした。

「奪われた記憶は花に形を変えるのだそうです。空の植木鉢の中に咲くんですよ。ロマンチックだと思いませんか？」

「それ、本当のお話なんですか？」

　前のめりに訊ねると、龍幸は目を丸くして、愉快そうに笑った。

「ええ、ええ、本当ですとも。信じる子供の許（もと）に妖精は訪れるのです」

　む。さすがに今のはからかわれたと気づいた。……というか、何を本気に受け取っているのか、私は。途端に顔が熱くなるのを感じた。

　龍幸はにっこり笑い、続きを話しはじめた。

「私は学校を卒業し、数年間日本の企業に勤めた後、会社を興しました。留学期間中に世話になった家具メーカーに協力してもらい、人脈を広げて家具の輸入販売をはじめたのです。一方、萬治はいくつも仕事を抱えていたようですが、五十を過ぎた頃に何を思ったのかすべての会社を畳（たた）み、突然日本に帰ってきました。十分な蓄（たくわ）えがあったのでしょうが、後先考えていないところもありましたからね。またぞろ無茶をしはじめて、こちらが被害をこうむらないかと気が気でありませんでした」

　学生時代に出会い、五十を過ぎてなお連絡を取り合う仲というのは、どういう感覚なのだろう。たまに悪態をついてみせるがその口でいうほどには萬治を憎からず思っていることは明白で、気があわないならそもそも四半世紀以上も付き合っていられるはずがない。

親友なのだ。

「彼は日本に家を建てました。イギリスで長年暮らしてきたあの家を移築して、大掛かりなリフォームまでしました。今から十五年ほど前のことです」

引っ越し祝いに訪れた龍幸は、そこで再び妖精の話を聞くことになる。

＊　＊　＊

外観がずいぶん変わった――。イギリスから移築した家を見て、龍幸はまずそう思った。間取りは記憶にあるものに近いが、全体的に老朽化が進んでいたからだろう、新建材や補強材を取り入れたことで新築の匂いがした。それに、明らかに広くなっていた。購入した敷地の建ぺい率いっぱいにまで増築したらしい。

いくらなんでも広すぎだ。龍幸は通されたロビーで萬治に苦言を呈した。

「奥さんもいないのに、こんなところで一人で暮らす気か？」

イギリス人の配偶者を亡くした萬治は、イギリスに居続ける意味がなくなり故郷に帰ってきた。意外にも一途だった萬治にもう次がいるとは思えない。

「仕事も辞めたというし、一体どういうつもりだ？」

「なんで君が怒っているのさ？　龍幸は相変わらずお堅いなあ」

わかりやすく落ち込んでいればいいものを、奇行に走るから素直に心配できないのだ。

そんな龍幸の心中など知らぬとばかりに萬治は笑った。

「独り身になったから好きに生きようと思ったのさ。幸か不幸か、子供には恵まれなかったからな。家族の心配もいらないし、老後は自由気ままだ。いい人生だと思わないか？」

「悪いが思わんな」

子供がいる喜びを知ってしまうと独り身の自由なんてただ虚しいだけだ。

「子供は自分の分身であり、妻の分身でもある。私も妻を亡くしたが、息子がいるかぎり妻の魂は生きつづける。子供に託すことで人生に意味ができるんだ」

「哲学だねえ。しかし龍幸、あまり子供に無理強いしちゃいけないぜ？　子供には子供の人生がある。時代も違う。価値観を押し付けちゃあ可哀相だ」

「失敬な。そんなことはしていない」

「息子は今いくつ？　そろそろ二十歳を過ぎるんじゃないか？」

「……もう二十三だ。大学も去年卒業した。そのままそこの土地の零細企業に勤めだした。私の会社に来ればいいものを、理解できん。そう思わんか？」

「そうかい？　立派に自立しているじゃないか」

何が立派なものか。大学も企業もまともに選べない半人前なのだ。悲惨な暮らしをしてやしないかと心配になる。これでは亡くなった妻に顔向けができない。

「一刻も早く連れ戻さなければ」

「おいおい。いい大人なんだからもう放っておいてやれよ」

「うるさい。可愛い一人息子の将来のためだ。おまえに何がわかる！」

息子のことを他人にとやかくいわれることが何より腹が立った。結果的に自分の手から離れていった失態を指差されているみたいで癇に障るのだ。

萬治は苦笑を浮かべて「いい過ぎたよ」と謝罪した。

「ま、種無しの僕にはわからん境地だった」

冷水を浴びせられ、自分が吐いた失言に気づいて狼狽した。

「いや……、私も口が過ぎた。子供がいなければ人生に意味がないなどと決めつけるつもりじゃなかった。すまない」

普段は理性的に物事を見られると自負しているが、なぜか萬治の前だとそれができない。まだ未熟であった学生時代に気持ちが戻ってしまうからか。「気があわない」萬治に反発することでアイデンティティを保ってきた自覚があった。自分はあのときから一歩も成長できていない気がする。それとも、誰しもそういうものなのだろうか。

「それで、どうしてこんな田舎に引っ越したんだ？　東京にくればよかったのに」

気まずい雰囲気になり、わざとらしく話題を変えてお茶をにごした。

萬治はというと、特に気にしていないようで、平然と窓外に目を遣った。

「外を見てみろよ。自然豊かで、この風景もイギリスの田舎町にどこか似ていると思わないか？　落ち着くんだ」

「ふん。そういうことか」

「それに、ここらは観光地だ。僕はここで宿泊業をしようと思っている」

なるほど。周辺にも似たようなペンションはあるし、これほど大きな建物をただ腐らせておくのはたしかに惜しい。

「妖精の話を憶えているかい？」

「記憶を奪われるっていうアレだろう。忘れるわけがない。――私も被害者だからな」

新居に招待されたあの日、妖精がいるという部屋で試しに前日の記憶を奪わせたのだ。当時付き合っていた恋人とデートの約束を交わしたことまで忘れてしまい、当日見事にすっぽかしてフラれてしまったのは苦い思い出である。

あのときですら背筋が凍ったものだ。仕組みを知らない人間が使ったらどうなることか、想像するだけでも寒くなる。

「まさか、丸ごと持ってきたのか？」

「ああ、持ってきた。当然だろう。あれほど貴重なものを置いておけるか。呪いの印を刻んだ柱は壁の中に隠してあるが、問題なく、妖精はいまも二階の部屋にいる」

呪いの印というのは萬治の幼馴染みだった元の部屋主が「おまじない」で彫った刻印のことだ。イギリスのとある地方に伝わる『失せ物を見つけだす妖精』を呼びだすお呪いだったはずが『忘却』の呪いを発動させてしまったという偶然の産物。非科学的だが実際に起きているのだから信じるほかない。

萬治の幼馴染みが最初にして最大の犠牲者だった。

萬治の好奇心はそこからはじまった。

「何を考えているんだ！　あんなもの、百害あって一利なしだろ！」

しかも、その部屋に宿泊客を泊めるつもりらしい。正気の沙汰じゃない。

「もちろん希望者にしか利用させせないよ。僕自身、あれから何度も試行錯誤して呪いの謎を究明しようとしてきた。あと一歩という手応えがある。僕だけじゃなく第三者にも試してもらいデータを集めたいんだ。これは僕のライフワークだ。今さらやめられない」

管理さえしっかりしていれば呪いを有効活用できるという。忘れたい事柄だけを忘れられる精神医療装置――そう考えれば、ある程度需要は見込めるかもしれない。だが。

倫理観が邪魔をする。それは人間の手に余る行為ではないか。

「今日龍幸を呼んだのはほかでもない」

萬治はロビーから出ていき、しばらくして植木鉢をもってきた。

中には透明な花――【記憶の花】が咲いていた。

「これは昨日抜き取った僕の記憶だ。残念ながら、どんな記憶だったかはメモにも音声にも残していないのでわからない。たぶん、取るに足らない記憶だと思うんだけど、今からこれを龍幸に引き継がせたいと思う」

「……なんだって？」

「記憶の引き継ぎさ。奪わせることができるのなら取り戻すこともできるんじゃないかってね。実験しているところなんだ」

記憶の引き継ぎ……自分の記憶を他人の頭に植え付ける。そんなことができるのか。
そんなことができるなら——自分が人生を懸(か)けて築いた社会の経験則すらも息子に受け継がせることが可能になる。

正真正銘(しょうしんしょうめい)、自分の分身を作りだすことだって——。

「実験？」

「そう。あの部屋で寝て起きるとこの花が咲いている。つまり、この花には記憶の情報が詰まっているってことだ。なら、手順を逆にすればいい。この花を枕元に置いて眠れば情報を引きだせるんじゃないか、と僕は考えた。頭から出ていくのが寝ている間ならば、入ってくるのも寝ているうち。簡単な推理だ。そしてそれは正しかった。僕は他人が捨てた記憶を引き継ぐことに成功した」

「本当か!?　それは……すごいな」

「ただし、自分の記憶だけは元に戻せないようだ。そして、記憶の引き継ぎができるのは僕だけなのか、ほかのひとにも適用されるのか。そこをはっきりさせたい」

さらに、記憶の引き継ぎにはほかにもいくつか条件があるといった。

それは、花が継承者を選んでいるらしいということだった。

「自分で用意したとするだろう？　しかし、不適合と見なされると花は枕元から消えていって離れた場所まで移動しているんだ。奇妙だろう？」

おそらく記憶を引き継ぐことができる範囲の外に出ていくのだろう。何者かの意志を感じると萬治はいった。それは妖精の悪戯か、はたまた記憶の主の想念か。

「とにかくサンプルが必要だ。龍幸、協力してくれないか？」

恐怖もあるしおこがましさも感じるが、それよりも興味が勝った。龍幸が頷くと、萬治は子供のように目を輝かし、植木鉢を押し付けてきた。「今夜は泊まっていけ！」

「ところで、この花はおまえの記憶といったか？」

「ああ。これまで何度も記憶を抜いてきたからな、忘れたコトさえ忘れている。どの記憶を犠牲にしたのかももう憶えていない。だが、問題ない。おそらく捨ててもいいと判断したものだろう」

一週間前の朝食の献立だったかな、と首をかしげている。本当に毒にも薬にもならない記憶だった。ところで、その記憶をたとえ引き継げたとしても照合のしようがないんじゃないか、と気づいた。今朝の献立さえ忘れそうになる歳である、一週間前の朝食の記憶なんてどちらにせよ当てにならないのではないか。

しかしまあ、それでも食事のスタイルは変わらないかと思いなおす。いつもどこでどの食器を使って頂いているのかさえわかれば、それだけで照合は可能なはずだ。

龍幸は納得し、記憶の引き継ぎに挑んだ。

建物内であればどこでもいいというので、普通の客室を借りた。抜きだすときと違い、記憶の内容を口にする必要はない。もしも花が龍幸を継承者として不適合だと見なせば、植木鉢ごと勝手に離れた場所に移動する。失敗したところで龍幸に害はない。

眠りは深く。その晩、やけにリアルな夢を見た。

抱え上げた未熟児のあまりの軽さに眩暈がした。か細い産声が途切れぬようにとひたすら祈った。膝をついたリノリウムの冷たさ。命を吸い取られるかのようにこの身も沈んでいく。ひとつの無音とふたりの悲鳴。命を分け与えられたらこの身にも価値はあったのに。ただ、生きていてほしかった。

自分の慟哭に飛び起きる。胸をえぐるほどの悲しみが押し寄せてきて、涙がとめどなく流れでた。夢ではなく現実だったと思い知る。あれは──そう。私の体験だ。

「萬治よ、おまえは──」

妻を亡くし男としての機能が衰えた今、あの悲しみを持ちつづけることに意味はない。むしろこれまでよく耐えてきたと思う。おそらくは妻の体面を守るために周囲には不妊症と偽りながら、よくも……。

なぜ萬治がこの記憶を龍幸に託したのか、引き継いだ今となっては自明であった。

＊　＊　＊

「澤さん？　澤さん。あの――それで、どんな夢を見たんですか？」

千歳に呼ばれてはっと我に帰る。回想に浸り、当時の感情が蘇ってついつい呆然としてしまった。軽く頭を振った。

――まったく。余計な記憶を寄越しおって。

龍幸は気を取りなおすようにして勢いよくグラスを空けると、予め用意されてあったオチを語るような滑らかさで、笑い話を締めくくる。

「そう、夢を見たのです。私の目の前に食パンと目玉焼きとベーコンとサラダとコーヒーと……すなわち一般的な朝食の献立が広がっていました。目を覚ました私はそれを萬治にいい、萬治は私を食堂に案内しました。初めて入った食堂のテーブルが夢に出てきたものと合致したので、記憶の引き継ぎに成功したと確信しました。ところが、萬治が厨房に入ってしばらくすると夢に出てきたとおりの献立が出てきたのです。これはなんのつもりだ、と私がいえば、萬治は朝食だという」

――記憶の引き継ぎに成功したんだ。

――記憶の引き継ぎ？　なんの話だい？

――一週間前の献立を当ててただろう？

――龍幸が何をいっているのかわからないな。

「私は昨晩の会話を全部話して聞かせました。しかし、萬治はそんな話はしていない、おまえは酔い潰れて早々に寝てしまったと、そういうのです。全部夢だったのだと。納得できない私はいいました。だったら一週間前の朝食の献立を当てたのはどういうわけか。すると彼はこういった。一週間前だろうが三日前だろうが、昨日一緒に食べた夕食も、ウチの献立はいつもコレだよ。だって僕はコレしか作れないからね——と」

「えっと……」

千歳は目を瞬かせている。前段のシリアスさが抜けた唐突な夢オチに戸惑っていた。

やはり無理があったか、と龍幸は自嘲する。

おどけて肩を竦めてみせた。

「このペンションにはおかしな噂がありましてな。泊まると記憶喪失になってしまうという恐いお話なのですが、それをモチーフにしてたった今創作してみました。即興で作ってみたのですが、いや、むずかしいものですな」

「即興……」

「プロの物書きの方に聞かせるものではありませんでした。お恥ずかしい」

いえ、と千歳は愛想笑いを浮かべた。面白かったですよ、とおべっかまでいわせてしまった。不本意だったとはいえ、女性を白けさせたことには忸怩たるものがある。

「その噂って前のオーナーさんから聞いたんですか？　ていうか、前のオーナーさんってお話に出てきた萬治さんのことですよね？」

「ええ、そうです。噂も彼から。おそらく、萬治が自分で作って広めたのでしょう。集客のためとはいえ、よくもまあ思いつくものです」

都市伝説として『妖精の呪い』を流布していた。萬治め。実験を進めたいくせに回りくどいことを――と呆れもしたが、回りくどいのはペンションの仕事も大切にしていたからだろう。悪評にならない程度に抑えたのだ。

「噂はただの噂です。泊まっただけで嫌なことを忘れられるなんてそれこそ夢のようなお話ですよ」

「そう……ですよね。すみません、私、最近その噂を耳にしたものですから。かなり前のめりになってしまいました」

「そういうことでしたか。熱心に聞いてくださっていたのでつい調子に乗ってしまいました。次回はちゃんと作りこんでおかないといけませんな。また聞いていただけますか?」

「あ、はい。喜んで」

「ありがとうございます。――おっと。もういい時間ですな。すっかり話し込んでしまった。私はそろそろ休ませていただきます。丸川さん、またご一緒いたしましょう」

千歳は引き続き飲むといい、後片付けまで引き受けてくれたので甘えることにした。

ロビーを出る。階段の前まで行くと、現オーナーの遠野愛文が立ち尽くしていた。

「丸川さんが来たから入ってこなかったのか?　せっかく君のために美味しいお酒を用意したというのに。まあいい。テーブルに置いてきたから後でやってくれ」

なおも恨めしそうに見てきたので、力強くその肩を叩いた。

「君のために聞かせてやったんだ。そう恐い顔をするな」

「……私には覚悟が足りていないということでしょうか」

「萬治のようにやれとはいわん。しかし、子供の記憶を取り戻したいという割に、君はあの部屋を使うことに消極的すぎる。萬治に頼まれてきてみたが、私もそう思ったよ」

「それを伝えるためにわざわざ？」

「予約するときにいったろう？　私も記憶を託したい相手ができた。病気でね。あと一年も生きられない。まあ、すぐにくたばるつもりはないが、まだ動けるうちに遺言を残しておきたいと思ったのだ」

愛文は目を見開いて驚いている。余命宣告は、覚悟を決めた本人よりも周辺にいる他人のほうがよほど衝撃的らしい。愛文の驚くさまを見て少し愉快な気持ちになった。

「いつか私の紹介状をもった人間を寄越す。早ければ十年後くらいだな。その子に私の記憶を引き継がせてやってほしい。それさえ叶えばもう思い残すことはない」

いや、欲をいえば、最後に萬治に会っておきたかった。

「あいつは君たち親子のために放浪しているんだろ？　君が足踏みしていてどうする」

「私は……」

「子供の幸せだけを願えばいい。親の資格なんてそれだけで十分だ」

傲慢だった龍幸に、萬治が教えてくれたことだった。

『九番目の客室』に入る。数十年ぶりに入ったが、どんな感慨も湧かなかった。至ってシンプルな部屋の造りだ、懐かしいとも思わない。粛々と『作業』に専念する。

ＩＣレコーダーを取りだす。後で聞き返すためである。頭の中に映像としては残らないが、過去の事実はきちんと記録しておく必要があった。それに、頭の中が空っぽのままというのはやはり寂しいと思うから。

これから奪われる記憶を惜しみつつ、相手を想定した語りかけで録音を開始した。

「さて。これから話すのは君のお父さんのことだ。心して聞くんだよ」

スマホの待ち受け画像を眺めつつ、思い出はつい数ヶ月前に遡る。

＊　＊　＊

ある日、息子の幸成から一本の電話が掛かってきた。

あれほど嫌っていた父・龍幸に初孫を抱いてほしいといってきたのだ。


嫁と孫を連れて帰ってきた幸成がいま、龍幸の目の前に立っている。実家にいた頃の幸成はまだ十代の学生で、大人になった現在の姿は見慣れた屋内の風景から浮いて見えた。

苦労皺が刻まれた顔。痩せたというよりは引き締まった頬。たくましさと男らしい色気があふれでている。ひとりの立派な男だった。時の流れを否応なく感じる。彼はもうここの住人ではない。巣立っていたのだ、と改めて突きつけられた気がした。

澤幸成は地方の零細企業に就職し、十年間勤めたのち、かねてより夢だったパン屋になるべく脱サラした。苦労の末に小さいながらも店舗を構え、手伝ってくれていた学生時代からの友人と交際を開始し、一昨年結婚した。今年に入り子供が生まれ、ささやかだが唯一無二の幸福を手に入れた。

見守ってきたから知っている。喜びも悲しみも、いつも遠くから気に掛けてきた。

萬治の記憶を引き継いだあのときから、龍幸は心変わりした。見守る権利すら奪われた萬治の過去に触れ、いかに自分が恵まれていたかを思い知ったのだ。

孫の顔は嫁に似ている気がした。だが、この腕に抱いたときのぐずり方は幸成の小さかった頃にそっくりだ。

目尻が垂れ下がった龍幸を見て、幸成は複雑そうにいった。

「俺、父さんのことが嫌いだった。でも、父さんの気持ちが今なら少しわかるんだ」

幸成が人さし指を孫の小さな手に握らせる。ぐずっていた孫が急に大人しくなり、不思議そうに幸成を見上げた。

「子供ってすごいね。俺、今まで死ぬのが恐いって思ってた。でも、今はこの子のためなら死んでもいいって、本気で思えるんだ」

「そうか」

「俺は父さんみたいにはならないよ。あれしろこれしろって、いわない。この子には伸び伸び育ってほしいから。元気に健やかに。それだけでいい」

「ああ。そうだな。それが一番だ」

素直に頷くと、幸成は意外そうに目を見開いた。嫁の後押しもあったのだろうが、孫のためにと一念発起し、龍幸との確執を清算せねばと覚悟を決めてきたに違いなく、だから殊勝な父の姿に拍子抜けしたようだった。

子が、孫が、できないと、お互いに歩み寄れないなんて、どこまで不器用な親子なのだろう。――まあ、そんなところも似ているか、と龍幸はひっそりと笑った。

「どんな形でもいい。幸せになってほしい。俺の命に代えてもいいと、本気でそう思ってる。……伝わるかな」

幸成に孫を引き渡し、腕の中の無防備な笑顔に語りかける。

「伝わるさ。いつか必ず。――なあ？」


――伝えるさ。

おまえのような父親がいたことを。

笑った顔を。怒った声を。働いて流した汗を。悔しくてこぼした涙を。家族に向ける眼差しを。優しさを。愛情を。この記憶とともに。

そうしたら、この子はきっとおまえを誇りに思ってくれる。

「幸成お父さんは遠くの空からいつまでも君のことを見守ってくれている。それを忘れないでほしい」

録音を止める。いいたいことを全部吐きだし、思い出の中の息子に別れを告げた。明日には父親になった息子の顔を思いだせなくなるかと思うと悲しくなったが、死ぬ前に――いや認知症にならないうちに残せたのでよしとする。日本に『この部屋』を持ち込んだ萬治に感謝だ。

――私があの世にもっていくより、孫に託したほうが幸成も喜ぶだろうさ。

最後の最後まで子煩悩（こぼんのう）であったと、龍幸は満足して笑った。

* * *

しばらくひとりで飲んだ後、千歳はソファから立ち上がった。

澤龍幸の助言と、平岡惣太の情熱に触れ、決心がついた。自分が面白いと思うもの、いま読みたいと思う物語を素直に書こう。龍幸の創作も、最後はアレだったが程よい刺激になった。書きたい。今すぐに。

トレーにグラスや空瓶（からびん）を載せていく。龍幸が飲んでいたはずの焼酎の瓶をもったとき、おや、と思った。中味が全然減っていなかった。それどころか、開封すらされていない。いま気づいたが、焼酎グラスは二つ用意されていた。最初から誰かと飲むつもりだったのだろうか。

龍幸が使っていたグラスに鼻を近づける。無臭だった。もしかして、飲んでいたのはお水だけ？

「うーん。謎なひと……」

……あ、このシチュエーション。次回作のペンション物に使えるかも。珍妙な言動ばかり取る老人。はたしてその正体や如何に――なんてね。

気分が上がってきた。さっさと片付けちゃおう、とトレーをもってキッチンへ。

トレーを預けたら台拭きを借りようと考えながら厨房の暖簾をくぐる。――くぐろうとして、足を止めた。咄嗟に息を殺したのは、中からすすり泣く声が聞こえたからだ。

こちらに背を向けて佇んでいるのは愛文だった。いつものエプロンを着けている。写真立てを手にしたまま肩を震わせていた。

あの写真立てに見覚えはない。普段厨房に飾られていて、一般客の目に留まることがないものだろう。遠目からなのではっきりしないが、二人の人物が写っていた。

愛文と、あとひとりは――。

「会いたいです……。化けてでも……貴女に……」

こぼれ落ちた雫が蛍光灯の光にきらめいた。

千歳はその場で固まった。男の人が泣いている姿をはじめて見た。それが普段から感情をあまり表に出さない愛文であればその衝撃はなおさら強く、目が離せない。

嗚咽し誰かの名前を呼んでいる。その名前を聞くたびに、この胸はざわついた。

遠い、と感じる。そばに寄って背中をさすることさえ今の千歳にはできなかった。そんな間柄ではないし、そうする理由も見当たらない。理由がなければ慰めることもできないのだ。それが寂しくて悔しい。……悔しい？　突如湧いた感覚に戸惑った。――私はオーナーのこと、どう思っているの？

愛文が、愛するひとの名前を呼んでいる。

今すぐにでも駆け寄りたい。そして、いいたかった。――私はここにいる、と。

「……」

そっと後ろに下がる。

ロビーに戻り、テーブルにトレーを置いて、ソファに再び身を沈ませた。はあ、と息を吐きだす。オーナーの泣き姿に動転しているらしい。思考がぐちゃぐちゃで何をいいだすか自分でもわからない。ああいう場合、そっとしておくのが正解だ。自分にとっても。きっと。

あれほど誰かを想えるだなんて。

「一途って、つらいなあ……」

そして、強かった。強すぎて、この胸まで締めつけられた。千歳の目にも感情が込み上がってきて、慌てて目許(めもと)を押さえつけた。やはり、悲しい恋の結末は嫌だと思った。少なくとも、今だけは。

愛を貫くふたりの物語の結末は、ハッピーエンドでなければ駄目なのだ。

（了）

遺愛の記憶

愛文の両親は共働きでいつも家にいなかった。しかし、それを不満に思ったことはない。確かな愛情をもって育ててくれた両親には感謝している。友達が少なく家にいる時間が長かったので寂しい思いはかなりしたが、そのおかげで趣味と実益を兼ねた特技を身につけることができた。料理だ。自分の夕食を作るだけでは満足しなくなり、高校に上がった頃から飲食店でバイトするようになった。特技を活かしていられる時間は楽しかった。

バイト先をいくつも掛け持ちしていたが、中でも気に入っていたのがいち家族が経営している定食屋だった。夫婦と長男で切り盛りするそこは、庶民的な味付けとリーズナブルな値段が魅力の大衆食堂で、昼夜を問わず賑わっていた。何より家族が優しくて温かかった。夫婦には「新しい息子ができたみたい」と喜ばれ、長男からは「弟みたいで教え甲斐がある」と可愛がられた。居心地がよかった。

漠然と、大人になってからもずっとこの店で働きつづけている自分を想像していた。

「――駄目だよ、あい君。こんなぬるま湯に浸かってないで、もっともっと外の世界を知るべきだよ」

そう説教してきたのは、四つ年上の定食屋の長女――花さんだった。夫婦や長男とは違い料理が一切できず、お店に顔を出すこともない。大学に行く以外はいつも部屋に籠もっていて、演劇サークル用の脚本を書いていた。

いつかはプロの劇作家になりたいといっていた。

「あい君、大学にいかないの？　調理師学校も？　だったら、上京するなりして飲食の激戦区で経験を積むのはどうかな？　確か、実務経験があれば調理師免許の受験資格が取れるんでしょ？　――あ、もうあるのか。でもね、ずっとウチにいるのはやっぱりよくない気がするんよ。ウチの両親だって永遠に現役ってわけじゃないし、兄ちゃんもいつかは結婚して独立するかもしれない。でしょ？　ウチを継ごうなんて考えないで。あい君には才能があるんだから、もっともっと大きくなってほしいよ」

まかないを食べているときや、夜食を差し入れするときは決まって進路相談をさせられた。花さんなりの気遣いなのだろうと当時は思っていたが、いざ上京してなぜか一緒に暮らしはじめてからようやくダシに使われたことに気づいた。花さんの両親は娘が劇作家を目指すことに反対していた。もっと堅実な仕事に就いてほしい、なんだったら愛文と一緒に定食屋を継いでほしいといわれていたようで、愛文の修業についていくという体であれば上京できるのではないかと考えたのだそう。その目論見はまんまと成功し、愛文が借りた東京都郊外の安アパートに初日から内緒で転がり込んできたのだった。

愛文が新天地で右往左往しているのを尻目に、花さんは都内に数多く乱立する劇場に毎日足繁く通っては楽しそうに演劇の勉強をしていた。愛文の給料は全部生活費に消えるが、花さんのバイト代はすべて彼女が入った小劇団の運営に投じられた。

別にいいのだけど……偶には愚痴もいいたくなる。

「僕は花さんを養うために上京したわけじゃないから」

「いうじゃない。でも、あい君さ、私が引っ張ってこなかったら絶対地元から出なかったよね。いろんなお店、いろんな国の料理、いっぱい見てきたよね？　私がいなかったらこんな刺激ありえなかったはずだよ。逆に感謝してほしいなあ」

「そういう恩着せがましいのもどうかと思う。花さんは別に上京できるなら相手は誰だってよかったんだ」

「あー、それで拗ねてんの？　可愛いなあ。私はね、あい君だから誘ったんだよ。でなかったら男の子と一緒に暮らすなんてできないよ」

「……そりゃ僕は人畜無害だから」

「違うってば。好きだからだよ」

　はっきりそう告げられたのはそのときが初めてだった。恋人ではないし友人と呼ぶにも何か違う、そんな不思議な関係だったのを花さんはあっさりと塗り替えてしまった。

　色恋沙汰に疎かった愛文は、驚くばかりで気の利いたことがいえなかった。顔を赤くして立ち尽くしていると、花さんは大口を開けて豪快に笑った。

「こういうときでも無愛想なんだ！　いいなあ、あい君はっ。よし！　じゃあ、付き合おう！　ていうかさ、もういっそのこと結婚しちゃおう！」

「け、結婚!?」

「うん。幸せにしてやるよ。あい君」

　そうして一足飛びに婚約してしまったふたりだが、それを阻む障害は特に見当たらず、忙しくも穏やかな生活はそれからも続いていった。

猪突猛進的なところがあるくせに抜け目ない花さんは、愛文の知らないところで愛文の両親と連絡を取って安心させ、自分との仲を認めさせていた。

「あい君は世間知らずだからさー。年上の悪い女に引っかかってんじゃないかって、そりゃ心配にもなるよねー」

何かいわれたのだろうか。だが、それももう解決しているのだろう。

花さんは結婚までの段取りを順調に消化していき、そして——上京して三年後、ふたりは入籍した。

とにかく奔放なひとだった。思いつきで動くことのほうが多く、いつも振り回されてきた。

愛文に無理やり仕事を休ませて連れだした先は、湖畔にある瀟洒なペンションだった。なんでもそこにまつわる、とある噂が珍妙で面白く、新しい舞台劇の題材に使えそうだというので取材に行くことになった。もちろん愛文に拒否権はない。新婚旅行以来だというのにこの旅ではただの付き添い扱いだ。せめて相談くらいはしてほしかった。

でも、それでこそ花さんだとも思う。出会った頃から変わらない、ひたむきに夢を追いつづける姿にはこちらまで勇気づけられた。彼女に手を引かれているだけで次から次に新しい世界の扉が開かれていく。おかげで愛文にもささやかな夢ができた。このひとと一緒ならいつかは叶う気がしてくるのだ。

「――あ！　あれじゃない？　あのお家！　オシャレで素敵じゃないの！　ほら、早く行きましょう！」

「え？　走るの!?　ちょ、ちょっと待って！」

　連れてきたくせに置いていこうとするのだから本当に困ったひとである。それも徒歩ではなくて全力疾走。ついていくほうも大変だ。

　でも、こんな小さなことが楽しくて幸せだった。

「こんにちはーっ！　先日お電話した遠野（とおの）ですけどー！　取材させてくださーい！」

　花さんが鼻息荒くしながらペンションの玄関をくぐっていく。……愛文の到着を待つことなく。

「だから待ってってば、花さん！　ひとりで行こうとしないで！　僕も行くから！」

　置いていかれないように。

　懸命に彼女の背中を追いかけた。

＊

「作家の『流（ながれ）ちとせ』と申します。ぜひこちらを取材させてください」

　あの日、『レテ』を訪れた女性はいつかの君を想起させた。仕事に対して情熱的で一直線で、太陽のようにキラキラと輝いていたんだ。

君に似ている。

ねえ、花さん——。

このひとを連れてきたのは君なのか？

＊　＊　＊

家というのは不思議なもので、見えていなくてもどこに誰がいるのか気配でわかる。

今日は丸川千歳（まるかわちとせ）以外に宿泊客はいない。多希（たき）は部屋に籠もっているので、ロビーから感じる気配は間違いなく彼女のものだろう。

厨房（ちゅうぼう）を出てロビーに向かうと、鼻唄が聞こえてきた。

『虹の彼方（かなた）に』。

「……お好きなんですね」

「あ」

愛文が声を掛けると、千歳は慌てて口許（くちもと）を押さえた。無意識に出ていたらしく、一人きりで居るところに出会（でくわ）すと大概（たいがい）口ずさんでいた。もう慣れた光景だったが、千歳は毎度恥ずかしそうにしていた。

読んでいた雑誌を閉じて、愛文に苦笑を向けた。

「そんなに思い入れがあるわけじゃないんです。でも、なんでかこのメロディが頭から離れなくて。『レテ』に泊まるときは特に」

　自宅では鼻唄すら歌わないのだそうだ。でも、指摘されないうちは気づけないので実はどこででも歌っているのではないかと思う。自室で、リビングで、トイレで、浴室で、キッチンで——食堂の実家からふたりで暮らしたあの安アパート、そしてここ『レテ』に至るまで、あらゆる場所に『彼女』の面影を見る。

　ふいに懐かしくなり、思わず口にしていた。

「……妻がよく歌っていました。妻は劇作家を目指していて、ミュージカルが好きだったんです。『オズの魔法使い』は特にお気に入りでした」

　演劇にのめり込むきっかけになった作品なんだ——と教えてくれた。子供の頃に絵本で読んだ印象と、高校生のときに観た演劇での印象がまるで違っていたという。胸弾ませる冒険譚だけではない、大人にしかわからない郷愁や寓意に気がつくとその奥深さに圧倒された。こんな物語をいつか書いてみたいと目を輝かせていた。

「妻を思いだしました」

　そのとき、千歳は表情を曇らせた。ごめんなさい、と消え入りそうな声で謝罪した。

「これからは気をつけます」

「あ、別に責めているわけでは……」

　気を遣わせてしまった。自分の言を思い返すと、たしかに、妻を思いだすからやめてほしいという苦情に聞こえなくもない。だが、そんなつもりじゃなかった。

記憶には二通りしかない。思いだしたい記憶と思いだしたくない記憶だ。妻に関するものはすべて思いだしたい記憶であり、思いだしたときあふれだす感情はそのときのモチベーションに左右する。だから、いいのだ。記憶を引っ張りだすきっかけはそこここにあっていい。愛文がどう感じるかは愛文自身の問題で、千歳が気に病むことではない。

「ここでは自由に過ごしてくださって結構です。私に気を遣う必要はありません」

違う。こういう言い方はよくない。もっと好きにくつろいでほしいのだ。でも、上手い言葉が出てこない。いつまでも改善しない接客下手が恨めしくなる。

そう。もっと素直に。

「あの……もっと聴かせてください」

「え？」

「妻を思いだせるのは嬉しいですから」

本心だ。妻のことを思いだすと今でもまだ泣けてくる。だが、さっきの鼻唄のように、悲しみだけじゃなく、温かな気持ちになることも最近では多くなった。悲しみは思い出とともに薄らいでいく。自然に任せていればいつかは立ち直れるはず。

千歳はぎこちない笑みを浮かべた。

「はい。じゃあそのように」

どちらにせよ、千歳には無理を強いてしまった。鼻唄なんて誰かに聴かせるものじゃないだろうに。

夕食の準備が整ったから呼びにきたのだった。多希の部屋にも行き、食事だと告げる。宿泊客が千歳だけのときは多希と一緒にとってもらっている。千歳はひとりきりでは味気ないからと喜んでくれるし、多希も千歳には懐いているのでありがたい。今晩のメインディッシュはエビフライだ。まっすぐにカラッと揚がっていてナイフを入れるとサクサクと音を立てた。反対に身はプリッと肉厚で食べ応えがある。特製タルタルソースを付けて口に運ぶたびに、千歳も多希も頬を綻ばせた。お客さんが料理に舌鼓を打っている様子は何よりの褒美だ。厨房からこっそり覗いていた愛文は肩の力を抜くように表情を緩めた。

フロントにある固定電話が鳴った。数秒遅れてキッチンに置いてある子機が鳴りだし、愛文は咄嗟に受話器をもちあげた。どこまでも事務的な調子で定型文を口にする。

「お電話ありがとうございます。花と湖畔のペンション『レテ』、オーナーの遠野が承ります」

反射的に壁に貼ったカレンダーの予約表に目をやった。宿泊予約だろうと業者の注文受付だろうと日程を確認しなければはじまらない。そのどちらかだろうと考えていた愛文は、受話器から聞こえた義母の声に一瞬身を固くした。

『――あい君。あの子のこと、考えてくれたかしら』

多希とは一月ぶりに会ったが、すっかり以前の元気を取り戻していた。今も学校であった珍事を身振り手振りを織り交ぜて話してくれている。「それでね、それでね」と気持ちが先行して言葉が空回るのも可愛らしい。

オーナーの愛文が「本当の父親」ではない、というあの衝撃の告白の真意をいまだ訊けずにいる千歳であるが、多希がもう思い悩んでいない以上、単なる興味本位で蒸し返すわけにいかない。

しかし、遠野親子のことを思うと胸が苦しくなるのはなぜだろう。放っておけない気持ちもあり、正体の分からない焦燥感が渦巻いた。部外者だから、と遠慮していることにも惨めさを感じる。たかが宿泊客が何を。でも、ずいぶん長い付き合いなのだし、そこまで卑屈になることもないのではないか。迷ってしまう。

「千歳ちゃんは今回いつまでいるの？」

「そうねえ、抱えてるお仕事はもう少しで片付いちゃいそうだし。今週末は団体のご予約があるって聞いてるから、明後日の金曜日には帰ろうかしら」

新規の予約で満室になる場合には、宿を替えるか東京に帰るかして、部屋を空けるようにしている。居心地がいいからと延泊をつづけてほかのお客さんの泊まる機会を奪うのは千歳の望むところではないし、原稿さえ上がればここに滞在しつづける理由もない。

多希は「じゃあ一緒にご飯食べるの明日までだね」と少し寂しそうにうつむいた。多希には悪いけれど、そういう顔をされると慕ってくれているんだとわかり嬉しくなった。

「また近いうちに来るから。……仕事でだけど」

遊びにくるといえないところが世知辛いところである。少し悪い気がしたので、いつか多希を遊びに誘ってみようと思った。

愛文が食堂に現れた。手にはトレーではなく電話の子機をもっていて、テーブルまでやって来ると多希を見下ろした。

「──土曜日にお祖母ちゃんたちがこっちに来るといっているんだけど、いいね？」

子機を掲げた。電話の相手がそのお祖母さんなのだろう。保留中を知らせるピーという音が短い間隔で鳴りつづけていた。多希は不安げに愛文を見上げた。

「……何しに？」

「もちろん多希に会いにだよ。一緒に動物園に行かないかと誘ってくださっている」

動物園はここ避暑地のわりとすぐ近くにある。動物好きの多希なら目を輝かしそうなものなのに、今は乗り気ではない様子であった。

「土曜日はウチ、い、忙しいし……」

「お昼の間は問題ないよ。平岡君にも手伝ってもらうから。お祖母ちゃんたちもお店を休業してまで会いにくるんだ。会っておあげ。わかったね？」

「待って。あ……」

愛文は多希の返事を待たずに踵を返した。保留ボタンを押して通話を再開させると、

「多希の了承を得ましたので土曜日はよろしくお願いします」と約束を取り付けた。

止めようと伸ばした多希の手が虚しく宙をさまよい、やがて諦めたように力なく下ろされた。以前の気落ちした表情に逆戻り。

「そんなに動物園が嫌なの？」

「……ううん」

「じゃあ、お祖父ちゃんとお祖母ちゃんに会うこと？」

それにも首を横に振った。祖父母と会うこと自体は構わない、という感じである。躊躇する原因は、では祖父母が会いにくる目的にあるのだろうか。今週末は連休ではないし、季節的にも半端な時期である。三日前に電話で伝えてきたことからも今回の訪問が突発的なのは明らかで、しかし過去にも似たようなことがあったらしい。きっと、そのとき多希にとって面白くない何かがあったのだろう。

多希は思い詰めたように顔を上げた。

「千歳ちゃん、お願いがあるんだけど聞いてくれる？」

「なあに？」

「土曜日、一緒に行ってくれない？　動物園」

「えっと……」

どうなんだろう。千歳の予定は空いているので不可能ではないが、祖父母にとってはせっかく孫と会える貴重な機会だ、部外者が割って入って水を差すのは忍びない。でも、藁にも縋ろうとする多希の手を払い除けるのもまた気が引けた。

一応、理由を訊いてみるも、多希は答えようとしなかった。それどころか、

「千歳ちゃんが一緒じゃないならいかない」

「ええ？」

なぜか決定権が千歳に移され責任すら押しつけられる形になってしまった。こうなると、行かないという選択肢はなかった。小さく溜め息をこぼす。

「わかったわ。でも、オーナーに許可を取ってからね。オーナーが駄目っていったら諦めること。いい？」

「うん。ごめんなさい、わがままをいって」

わがままと自覚していたのでそれ以上小言をいうのはやめておいた。いつか遊びに誘おうと思った矢先でもある。これくらいなら付き合ってあげてもいいか。

食事の後、愛文に事情を話すと、しばし黙考し、やがて恭しく頭を下げられた。

「多希のことをよろしくお願いいたします」

子供を半日預ける態度ではない。まるで娘を嫁がせる父親みたいだと感じ、その重苦しい雰囲気ににわかに不安を覚える千歳であった。

＊　＊　＊

生まれた子供と三人で動物園に行くのが年に一回の決まりごとになった。

まだ小さかった頃の多希は好奇心旺盛なくせに大型の動物を見ると足がすくんで動けなくなり、よくびーびー泣いていた。花さんは大笑いして「がんばれがんばれ」と多希の背中を押して檻に近づけ、恐がらせるという意地悪を繰り返した。とても花さんらしいのだけど、ひどい母親だとも思った。

「ライオンは我が子を千尋の谷に突き落として強くするっていうじゃない。それよそれ」

ライオンの檻の前で得意げにいっていたので、思い付きで口にしているのだとわかった。

「あーあ、かわいそうに」

泣きつかれて眠ってしまった多希をおんぶする。「かわいいなあ、私たちの娘は」と花さんは多希の頬を突いて幸せそうに笑った。

「私さ、あい君の『良いトコ一〇〇個』いえるんだけど、そのうちの一つがいま発動した」

「なんだよ、それ」

「気づいてないの？　多希ってね、泣きだすといつも――」

それは。

……それは完全に君の自業自得だよ、花さん――。

＊　＊　＊

土曜日の動物園は家族連れが多く、ずいぶん賑わっていた。祖父母と孫という組み合わせも珍しくなく、多希も祖父母と楽しげに歩いていた。

千歳も、多希と並ぶと母親に間違われてしまいそうである。多希くらいの娘がいてもギリギリおかしくない年齢ではあるが、もし「お母さんですか？」と訊ねられたらなんて答えよう。バカ正直に「これこれこういう事情で同行しているだけの者です」と答えるのはやはり違う気がするし、そうです、と認めてしまうのもどうにも据わりが悪い。それは、多希の本当の母親に失礼だし、自分なんかが代わりでは多希にも愛文にも悪い気がした。

一方で、将来子供と義父母とお出掛けしたらこういう感じなのかしら——などと、普段なら気にもしないことをつらつら考えながら園内を巡る。

多希がゾウを見てはしゃいでいる。両脇に立つ祖父母を振り返り、楽しげに会話していた。千歳を誘ったときはあんなに行きたくなさそうにしていたのに。

今度は千歳の手を引っ張ってサル山を目指した。

「千歳ちゃんはサル好き？」

「……深く考えたことないなあ。嫌いじゃないかな」

「私は好きだよ。だって、木登り得意でしょ？」

「それが理由？」

「うん。私も木登り得意だから。木登りだけじゃなくてジャングルジムとかボルダリングとか、そういうの。高いところから下を見下ろすの楽しいよね」

わんぱくという言葉が思い浮かんだ。元気な多希にぴったりだ。サル山を真剣に眺めている多希に（サルの動きを観察しているのだろうか）、少し離れたところにいる祖父母をこっそり窺いつつ訊いた。

「今日、私がついてきて本当によかったの？」

「うん。助かっちゃった。千歳ちゃんがいるおかげで変なこといわれなくて済むもん」

「変なことって？」

「お祖母ちゃんたちと一緒に暮らそう、って」

仲間の毛づくろいをしているサルに視線を遣ったまま、いった。「『レテ』を離れて、お祖母ちゃんちに住むの。私だけ」

想像以上に重たい話に面食らう。毎年、今の時期になるとその話題が出ると話した。

「もうすぐお母さんの命日なの。今年で五年目」

「お父さん……じゃなかった、オーナーはなんていっているの？」

「多希が自分で決めなさい、って。あんまりそういうの考えたくないよ」

寂しそうな横顔に切なくなった。多希は『レテ』での暮らしを気に入っており、離れたくないと考えている。でも、だからといって祖父母のことが嫌いというわけじゃなく、今日の様子を見るに、すごく慕っていることがわかった。そんな祖父母だからこそ、一緒に暮らせないことを直接告げるのがつらいのだ。

毎年選択を迫られたのでは、たしかに祖父母に会うだけでも気が重くなるだろう。到底人前でできる話題ではないので、計算ずくなのか無意識なのかわからないが、多希は千歳をそばに置くことで祖父母を牽制したのである。おかげで多希は今日という日を純粋に楽しむことができていた。

祖父に呼ばれて今度はライオンがいる檻を目指して歩いていく。多希が千歳のそばから離れた隙に、祖母が横に並んだ。

「ごめんなさいね、丸川さん。無理いって付き合ってもらっちゃって」

「あ、いえ。私も楽しんでますので気にしないでください」

「あのあい君が多希を預けるなんてよっぽど信用されているのね。私たちもね、丸川さんには興味があったのよ。今日会えてよかったわ」

あい君、という呼び方にどきりとした。夢では散々呼ばわったのに現実で聞くのは初めてだった。そうか。義父母にはあい君と呼ばれているのか。

「ウチの事情はご存知なのかしら」

「そう……ですね。断片的にですが」

愛文が同行を許可したということは千歳には知られても構わない、という解釈が成り立つ。祖母は気が張った様子もなく淡々と口にした。

「多希を引き取ろうと思うの。私たちのお家で。私たちもね、最初はすぐに多希の記憶が戻ると思っていたのよ。でももう五年も経つわ。あい君は自分ひとりで育てるってがんばってくれてたんだけど、でもこのままの状態がつづくのはやっぱりつらいと思うから」

多希の記憶？——疑問がそのまま顔に出たのだろう、祖母は「あら？　そのことは知らなかったの？」と目を見開き、肩を竦めつつ事情を話してくれた。「あい君ったら、こういうことだけは人任せなんだから。いやねえ、ほんと」

多希には、愛文のことを父親と認識できなくなる記憶障害があった。五年前、祖父母の娘である『遠野花』が亡くなった直後に、多希は悲しみのあまり父親の顔を忘れてしまったという。いくら愛文が父親だと説明しても、違う、お父さんを返して、と聞き入れてもらえなかった。そして、それは今でも続いていた。

「多希はあい君を『愛文』と呼ぶの。『お父さん』とは呼ばないの」

「本当のお父さん」はどこにもいない。

目の前にいるのに、いないのだ。

「そんな……」

愛文の境遇を想像すると胸が張り裂けんばかりに痛んだ。妻を亡くした上に我が子にまで拒絶され、架空の父親を指して薄情だと蔑まれながら、それでもその子を大事に育てた。いつか報われると信じて。——けれど。

「多希を引き取ること、あい君は何かいっていなかった？」

「オーナー……愛文さんからは何も。あ、でも、多希ちゃんには自分で決めなさいっていっていたみたいです」

「そう。もう疲れちゃったのね。そうよね。いくら我が子でもずっと他人行儀でいられたら悲しいものね。私たちとしても、あい君にはこれ以上苦しんでほしくないわ」

無理やり親子を引き離そうとしているのではなく、多希を引き取るのは愛文を慮ってのことだったのだ。

では、多希は？　多希は愛文のことをどう思っているのだろうか。「本当の父親」ではないにしても離れがたい存在にはなっているはずだ。千歳を間に入れてまで話し合いを妨害したのは、祖父母の家に行くのを拒んでいるからだ。『レテ』に居たいのだ。きっと愛文のそばに。

「多希ちゃんはオーナーのことをきちんと認めていると思います」

「……そうね。ウチに来るよりペンションに居たいのは、そういうことよね」

祖母も多希の気持ちに気づいていた。

なら、話は簡単だ。あとは愛文にそのことをわからせてやればいい。

——あんまりそういうの考えたくないよ。

多希はたぶん、愛文に決めてほしいのだ。ウチに居てもいいといってほしいのだ。しかし、愛文は多希に決めろという。おそらく、父親としての自信がないからなのだと思う。娘から実父と認識されていないのだからどうしようもないことだけど。

「でも、このままだとあい君が潰れちゃいそうね」

祖母が哀しそうにいった。

写真を見つめながら泣いていた姿を思いだす。

あの震える背中を支えてやりたいと、今は強く感じていた。

＊

「それじゃあね、多希。お正月にまた会いましょう」

「元気でなあ」

夕方、祖父母は多希に土産をもたせて駅のほうへと向かっていった。そのまま帰宅するのか、はたまた近場にホテルを取ってあるのか。『レテ』に厄介になるつもりは最初からなかったらしい。今週末は『レテ』が予約でいっぱいになったので、千歳も今日で東京に帰るつもりでいた。多希を送っていくついでに、『レテ』に置きっぱなしにしている荷物を取りに戻る。

土産の紙袋を片手に、ゾウのぬいぐるみをもう片側の脇に抱えて、多希が嬉しそうに駆けていく。

「千歳ちゃーん！　ウチまで競争しよーっ！」

「それは勘弁してー」

動物園を回っただけでくたくたなのだ。これ以上足を酷使したら冗談じゃなく疲労骨折してしまいかねない。専業作家の体力のなさを舐めてもらっては困る。

「もう足が棒なの。帰れなくなっちゃう」

「え？　ウチに泊まらないの？」

「うん。空き部屋がもうないから。チェックアウトも済ませてあるわ」

多希がキョトンと千歳を見た。

「あれ？　聞いてないの？　今日も泊まっていいんだよ」

「……あ、え？　私が？」

「そうだよ。愛文が、お世話になるんだからお返しにタダで泊まっていってもらいなさいって。千歳ちゃんは今日ウチに泊まるの」

近寄ってきてゾウのぬいぐるみを紙袋をもつ手の脇に挟み、空いた手を繋いできた。そのまま引っ張られて結局小走りで走らされる羽目になった。

「い、いいのかしら？　今日はお客さん多いみたいだし、迷惑じゃない？」

「愛文がいいっていったんだから、いいのー！」

そうか。まあ、すでに足が限界なので今さら帰れといわれても結構厳しい。それに、意地張って電車に飛び乗ったとしても東京に到着するのは夜だし、自宅に辿りつく頃には深夜を回る。想像しただけでげんなりした。せっかくの厚意だ、甘えることにしよう。

「私の部屋に泊まっていいよ。ゲームしよ、ゲーム！」

多希は屈託なく笑った。

記憶障害による「父親」に関する認識のみの消失。そんなことが起こりえるのかと、元気な多希を見るたびに信じられない心持ちになる。そうして、『レテ』にまつわるあの都市伝説がまさか多希の身に起きた不幸が由来なのではと思い至った。であれば、愛文がその話題を口にされるたびに渋面を見せるのにも納得がいく。伊藤真由に対して突き放す対応を取ったのも、そうだ。もうあの噂について詮索しないでおこうと心に決めた。

『レテ』に帰りつくと、多希は真っ直ぐ厨房へ向かった。すっかり日も暮れて、時間的にも夕食の頃合だ。今が一番忙しいときに違いない。

しかし、しばらくすると多希が厨房からトボトボと出てきた。

「今日は手伝わなくていいから千歳ちゃんとゆっくりしてなさい、って追いだされた」

平岡君や『虹の会』のスタッフを何人かヘルプで回してもらっているらしい。

「疲れてるだろうから労ってくれたんだと思うよ。よかったじゃない」

納得いかないのか、むー、と眉根を寄せている。遊んでいてもいいっていわれているのにお家のお手伝いのほうをしたがるなんて、多希はちょっと変わってる。でも、客の立場からいわせてもらえば、嫌々ではなく喜んで接客してくる多希にはいつも和まされている。名実ともに看板娘なのだった。

作り置きしてくれていた料理を多希の自室で一緒に食べた。おにぎりと、温めなおしたあさりの味噌汁、それに里芋の煮物にオクラのお浸しにおしんこ。和食居酒屋のまかないのようだが、動いた後には丁度(ちょうど)良いメニューだった。おにぎりの米は冷えていてもふっくらとしていて、粒の硬さが強調されてほぐれる感覚が美味であった。その上、具の焼き鮭の程よい塩気を旨味(うまみ)とともに包み込んでいる。あさりの出汁(だし)が利(き)いた味噌汁は味噌の塩分を控え目にしているのか優しい味わいで、喉(のど)を通るたびに全身の凝(こ)りが解れていく感じがした。付け合わせも申し分ない。疲れた体に染み渡る真心のこもった料理だった。これだから『レテ』通いはやめられない。

料理には、作ったひとの人柄が表れるという。そこに惹(ひ)かれたんだ。

「ごちそうさまでしたーっ。おなかいっぱーい！」

多希がその場でひっくり返る。子供のお腹は詰めた分だけ膨(ふく)らむようで、Tシャツの裾(すそ)を持ち上げてでっぷりと丸くなった。こういうところも見ていて微笑(ほほえ)ましい。

「あ、そうだ！　お土産(みやげ)！」

祖父母に帰り際渡された紙袋を開く。中からはかわいい色合いの洋封筒と、冊子(さっし)が出てきた。多希はそれらを嬉しそうに胸に抱くと、勉強机の上に大事に置いた。

「お手紙？　お祖母(ばあ)ちゃんから？」

「ううん。お母さんからだよ！」

亡くなった母親からの手紙？　意味がわからず固まっていると、多希は空いた食器を重ねて食堂に下げにいった。手伝おうとしたが、皿の枚数は少ないし、仕事があって嬉しそうにしている多希に気兼ねしてしまい、大人しく待つことにした。

ひとりきりになり、何気なく勉強机に近づいた。多希の母親から送られたという手紙と冊子。わりと厚みのある冊子の表紙には『⑨』のナンバリングと、『可憐（かれん）』というタイトルが印字されていた。それは小説だった。

並んでテレビを観ていると、多希がうつらうつらと船をこぎ始めていた。時刻は二一時過ぎ。寝るには早い時間だけど眠くなるのも無理はなかった。今日はいっぱい遊んだし、多希は緊張もしていたから、疲労も溜まっていたことだろう。

「多希ちゃん、もう寝たら？　無理しなくていいよ」

「……千歳ちゃんは？」

「私はもうちょっとだけ起きてる。ロビーにいって雑誌読んでるうちに眠くなると思うから。そしたら戻ってくるね」

ロビーにいき、ラックから読みかけの雑誌を引き抜く。ソファに座り雑誌をめくった途端に睡魔が襲ってきた。千歳も普段しない行楽に疲れていたらしく、瞬く間にまどろみに引き込まれた。

夢か現実か判別がつかない。だって、いつものように小説を書いていたから。使い古された万年筆を強く握り、夢中で執筆していたら指が痛くなって書いていられなくなる。楽しい気持ちと焦る気持ちとが半々ずつ。頭に浮かんだ物語を形にする作業は楽しいけれど、なにせ時間が足りなさ過ぎた。いま書いているのは『⑨』冊目。欲をいえば全部で二十冊は書いておきたい。毎年、歳に合わせた物語を贈るなら、最後は二十歳が理想的。万年筆を持ち上げる。握力が残っているうちに終わらせないと。

無理をしちゃ駄目だよ、と労るあい君に私はいった。

――可愛い娘のためだもの。これくらい残してあげなくちゃ。母として。

そして、妻としても夫に何かを遺していこうと思った。

「――丸川さん、起きてください。ここで寝てたら風邪を引きます。丸川さん」

「あ、い」

呆然と愛文を見上げた。いつものエプロンを外している。静寂とした気配に気づくと一気に覚醒し、堪らず上体を起こした。咄嗟に壁時計を確認すると、時刻はすでに午前零時を越えていた。

「すいません。寝てました」

愛文は一つ頷くと屈んでいた腰を持ち上げた。今日の業務をすべて終えたらしく、清々とした疲労感を漂わせている。

千歳を起こし、再び厨房へ引っ込むのかと思いきや、愛文はなかなか動きだそうとしなかった。千歳に向かい、いった。

「先ほど義母から電話がありました。多希のことを話されたようですが、丸川さんはお気になさらずに。私たちの問題ですので」

記憶障害のこと。多希を引き取るかどうかの話し合い。部外者の千歳には関係ないことだとはっきり告げてきた。

千歳がじっと見つめていると、愛文は居たたまれなくなって視線をそらした。

「すみません。お世話になっておきながら失礼なことをいいました」

「いえ。……あの、差し出口かと思いますけど、多希ちゃんは愛文さんのことをひとりの人間として慕ってています。父親としてでなくても言葉をかけてあげてほしいです」

余計なお世話かもしれない。でも、いわずにはいられなかった。

多希は本当に『レテ』が好きなのだ。お手伝いをしているのはお荷物になりたくないという思いからなのかも知れないが、それだけであんなに楽しそうにはできない。愛文の口から「ここに居ていい」といってあげてほしかった。

だが、愛文の葛藤もわかる。はたしてそれが多希のためになるかどうかは正直疑わしい。いつまでも迎えにこない「本当の父親」を待ちつづける多希はあまりに孤独だった。子供に対して孤独なままでいろとは誰だっていいたくない。

正解のない問題だ。でも、千歳の意見は最初から一つである。

愛文と多希には一緒に暮らしていてほしい。

親子なのだから。

「僕は……」

愛文は一瞬泣きそうな表情になり、慌てて唇をキュッと引き結ぶと、言葉ごと呑み込んだ。やがて作ったすまし顔で「おやすみなさい」といい踵を返す。寂しそうな背中を見送って、千歳は自分の額を小突いた。長年に亘ってわだかまった思いがそう易々と解消されるわけがないのに。何を知ったふうな口をきいているのか、私は。

恥ずかしくなり、さっさと多希の部屋に戻った。朝になったら愛文に謝ろう。

床に敷いた布団に入ろうとしたとき、ベッドの上から呻き声が聞こえた。薄暗がりにようやく目が慣れてそちらを向くと、掛け布団が勢いよく蹴り剝がされた。多希の寝相の悪さに苦笑する。布団を直そうと手を伸ばしかけて——荒々しい呼吸に気づいた。慌てて電気を点けると、案の定、多希は顔中びっしり汗をかいていて苦しむようにうなされていた。

額に触れてみると熱かった。

「ひどい熱……！」

すぐさま部屋を出て愛文を呼びにいく。愛文はまだ厨房にいて、多希の容態をきくと飛びだしていった。

「多希っ！」

千歳も後を追おうとしたが、その前に厨房で適当な道具を見繕う。洗って乾燥させていた大きめのボウルに電気ポットからお湯を張り、未使用のおしぼりを見つけて手に取った。

多希の部屋に戻ると、ベッドの前で愛文が立ち尽くしていた。どうしてよいのかわからず途方に暮れているようだった。テーブルにお湯とおしぼりを置く。

「寝汗がすごいので体を拭いてあげてください。氷嚢はありますか？　取ってきます」

「丸川さんが拭いてあげてください。氷嚢は僕が用意します」

やることができてほっとしたのか、すぐさま部屋から出ていった。千歳は多希の体を拭いてやり寝床を整えた。寝汗をかいているところを見ると熱は上がりきったようで、あとは熱が下がっていくのを見守るばかり。ひとまず山は越えたと思う。最近、執筆のために家庭医学の本を読んだのだが、意外なところで役に立った。


しかし、まだ呼吸は荒く寝苦しそうにしていた。愛文がもってきた氷嚢を枕にして様子を窺う。ふたりは同時に溜め息を吐いた。

「こういうこと、よくあるんですか？」

愛文は自信なさげに答えた。

「……熱を出すのは年に一回か二回ほどですが、頻度としては一般的だと思います。それに、そういうときは大体前兆がありますし。こんなことは初めてです」

「何かあったんでしょうか。最近、溜め込むようなことでもあったんでしょうか」

いいつつ、千歳には心当たりがあった。一月前にした「本当の父親」発言と、今日の祖父母との会合は繋がっていて、一区切りついたために緊張がほぐれて熱をだしたのだと思う。

愛文はそれには答えず、ただ多希を見つめていた。

しばらく沈黙がつづいた。ふいに物音がして顔を上げると、多希が寝たまま虚空に両手を伸ばしていた。目をうっすらと開けて、それでも呼吸は依然として乱れたまま。

「ああ……、いやあ、暗いのやだ……、暗いのいやあ……！」

室内は明るい。暗くはない。おそらく夢を見ていた。「熱せん妄」という症状で高熱を出した子供にはよくある異常行動だ。悪夢にうなされているのだろう。

「多希ちゃん、大丈夫よ。多希ちゃん、しっかりして」

聞こえるように声をかける。すると、多希はくしゃっと表情を歪ませて涙をこぼした。

「お父さん、どこ!?」うわ言のように繰り返す。「お父さん！　お父さん！」

「――」

振り返る。そこには多希同様に、迷子のように立ち竦む愛文の姿があった。

その顔を知っている――千歳は逆に冷静になり、意識が沈むに任せて記憶にある光景と今を重ね合わせた。何の躊躇もなく愛文の手を取って招き、ベッドの脇に座らせる。

愛文の背中を優しく撫でた。

「平気だから。手を握ってあげよ。ね？」

自分のものとは思えない声音。――あい君は訝るようにこちらを見て、私は応じるようにそっと微笑んだ。

「あい君の『良いトコ一〇〇個』あるうちの一つなんだけど」

それを聞いた瞬間、愛文は息を呑んで目を見開いた。

「……なんで、それを」

「多希ってね、泣くときに呼ぶのは決まっていつも『お父さん』なんだよね」

動物園で泣きだしたときはもちろんのこと、普段から転んだりうまくいかないことがあったりしたときも多希は母親にではなく父親に泣きついた。『お母さん』ではなく『お父さん』に。厳しくて意地悪な母親に泣かされることが多かったせいでもあるけれど、ひとを甘やかせる才能があい君にはあったのだ。

思いだす。――私も彼に何度救われたことか。

「ほら、あい君を呼んでるよ」

多希の手が宙をさまよう。縋るべき手を探してる。

「だって、それはっ」

花さんはもうこの世にいないから。呼べる相手はあとひとりしかいないから。消去法でひとりしか……。

「それだけじゃないよ。ここにいるんだもん。ね？『お父さん』」

記憶があろうとなかろうと、多希をここまで育ててきたのは愛文だ。血の繋がりがあり、一緒にすごした時間は誰よりも長い。

関係性を問われればソレ以外にありえない。

「お父さん、どこぉ？」

「呼んでるよ。『お父さん』」

「あ……」

愛文はその手を両手ですくい上げるようにして恐る恐る握った。あたたかい。小さくてやわっこい。頼りなくて若々しくて、けれどここまで成長したのかという感動も覚えた。久しぶりに握った娘の手の感触に、堪らず感情が込み上げた。

「お父さん……！　お父さん……！」

「多希、僕はここにいるよ。待たせてごめん。お父さんはここにいる……！」

ふいに多希の表情が柔らかくなった。伝わったのだと思う。

「お父さん……」

「うん。うん……！　お父さんだよ……！」

うわ言と嗚咽を繰り返す。背後から見守っていた千歳が気遣うように一歩下がった。どこか遠い風景を鑑賞するように目を細めて、満足そうに笑った。

朝になり、多希の熱が下がっても、愛文がその手を離すことはなかった。

*

石田結衣の一件で『レテ』の秘密を知った多希は、愛文が実の父親なのではないかと薄々と勘づいていた。父親に関する記憶が消えてしまったせいで愛文を実父と認識できないのではないか、と自力でそこまで思い至ったのだ。

けれど、見覚えのない大人が突然父親を名乗ったあのときのショックがあまりに大きすぎて、いまだに認められずにいた。頭では理解していても心が受け付けない。千歳に愚痴(ぐち)をもらしたのは心の中を整理したかったからで、そのとき口にした「本当のお父さんは生きて遠くにいるんだよ」とは感覚的に的(まと)を射(い)た表現だった。実際の距離は近くても、認識できないのであれば居ないのと同じこと。

　熱から回復した後、愛文は多希にすべてを打ち明けた。

「これが多希の【記憶の花】だよ」

　ずっと倉庫に保管していた。いつか多希に戻したいと願い、大切にしてきた花である。

　多希は「ここにお父さんがいるんだね」と花びらを愛(いと)しそうに指でつついた。

　それから何度も話し合いを重ねた。事情を把握(はあく)し腑(ふ)に落ちたなら、あとは気持ちの問題だけである。

「担任の先生からある日急に、私が遠野さんのお母さんなのよ、っていわれたみたいで変な感じなの。あ、担任の先生が女の先生だからお母さんになっちゃったけど。喩(たと)えがわかりづらいかな」

「いや、わかるよ」

「今まで先生として接してきたんだもん。いきなりお母さんって呼べないよ」

　だから、これまでどおり「愛文」と呼んでもいいかと訊いてきた。きまり悪そうにする多希に、しかし愛文は感謝の念でいっぱいになった。

　最愛の妻を亡くし自失したことを言い訳にして、記憶を失くした多希から目をそらしつづけてきたのだ。「父親」であることを放棄したのに。そんな卑怯な男を再び「父親」だと認めてくれた。その上、これまでどおりでいてくれるなんて。

「ごめん」

「どうして愛文が謝るの？」

「多希にそういうふうに引け目を感じさせてることに。僕が不甲斐なくてごめん」

それだけじゃない。愛文が父親らしく振る舞えなかったせいで、多希もまた子供らしくいられなかった。これからも多希は愛文に甘えようとはしないだろう。娘が父にするごく当たり前の無遠慮を多希は知らないまま過ごしていくのだ。なんと罪深いことだろうか。

悔恨のあまり消えてしまいたくなる。

「あのね、結衣ちゃんともう一度お友達になれたんだよ。忘れてたってさ、また思い出を作っていけばいいいんだよね」

一度リセットされた関係性でも再構築は可能である、と励まされる。たぶん無自覚なのだろうが。前向きな娘の言葉に妻の面影を見た。——この子のこういうところは本当に君にそっくりだ。

「でね、今度結衣ちゃんをお泊まりに誘っていい？」

「もちろん。またケーキを作ろう」

「次はクッキーがいい！」

こんな具合にして、ふたりは「親子」らしくあろうと努めた。

　避暑地の中でもさらに気温が低くなる湖畔(こはん)では、十一月にはオフシーズンに入っていた。『レテ』は開店休業状態であったが、偶(たま)にくる物好きのためにいつでも万全の準備を怠(おこた)らない。相変わらず都市伝説目当ての冷やかしもいるけれど、愛文も多希も以前ほど淡白(たんぱく)な対応はしなくなった。誰しもそれぞれに事情がある。泊まることで悩みが解消されるなら——と、頭ごなしに否定するのをやめ、なるべく受け入れるようにしている。

　季節は瞬く間に過ぎていき、年を跨(また)いだ。正月は花の実家である定食屋で過ごし、愛文の実家へは顔を見せるだけで『レテ』に戻ってきた。が、宿泊予約は一切ない。気温は下がるが滅多(めった)に雪が降らない地域であるため湖畔に冬化粧(ふゆげしょう)は期待できないし、湖面に氷を張ることもない。客を呼び込むアピールポイントが圧倒的に不足していた。自慢の花園もキレイだがどことなく寂寥(せきりょう)感があり、見ていて寒々しいばかりであった。

　それでも客室は整えておく。予約はなくとも飛び込みがあるかもしれないから。

『九番目の客室』と、常連客が長期滞在に使うあの部屋は特に念入りに。

　意識しないようにしていても、彼女を待ちわびてしまう自分がいる。

　来客を知らせるドアベルが鳴った。ロビーにある暖炉(だんろ)の前でくつろいでいた多希が犬のような反応を見せた。「千歳ちゃんかも！」と叫び、たったかたー、と駆けていく。愛文は誰も見ていないにも拘(かか)わらず、気取られまいとゆっくりと腰を上げた。

　フロントには見慣れた常連の顔があった。

「あけましておめでとうございます。今日、お部屋空いてますか？」

数ヶ月ぶりにやってきた千歳は、以前と変わらぬ態度で潑剌とした笑顔を浮かべた。

＊

千歳しか客がいないからといって付きっきりになるわけにもいかない。宿泊客に接するのは頼られたときと、食事のときくらいしかない。

愛文は厨房でひとり、食材を前にして悶々としていた。消灯時間を過ぎても、千歳が泊まっている客室のドアから明かりが漏れていた。おそらく執筆中なのだろう。千歳が『レテ』に来る目的はカンヅメをして小説を書くことだ。長ければ一週間以上も滞在しているので、毎度目標にしている文章量はかなり多いに違いない。愛文は門外漢だが、かつて妻が執筆している姿を見ていたのである程度予測できた。

夜食をもっていくのは迷惑になるだろうか。お腹を満たすと眠気が促進されてしまうから、場合によっては仕事の邪魔になる恐れがある。いやでも、追い込み時期の受験生の味方は『母の夜食』が定番だ。花さんにも「お母さんみたい」と笑われたことがあったっけ。その掛け合いが楽しかった。美味しいといって平らげてくれるのが嬉しかった。自分だけがはしゃいでいたのだと、今さらになって自覚する。

「そういえば、何を作ろうかと考えている今のこの時間も好きだったな」

懐かしい感覚に押されて、愛文は食材の包みを剝がしはじめた。

客室のドアをノックすると、あっさりと内側から開かれた。

「あれ？　オーナー、どうしたんですか？」

「いえその、……お夜食は如何かと思いまして」

千歳はすっぴん顔で、自前のパジャマにドテラを羽織っていた。その姿に一瞬、無作法を働いたような後ろめたさを覚えた。やはりいきなり過ぎたか、事前に聞いておくべきだったか――と後悔が脳裏を過ぎったが、千歳はにわかに頰を緩ませた。

「嬉しい！　丁度お腹がすいてきたところだったんです！」

トレーごと渡して立ち去るつもりでいたのだが、千歳に「どうぞ」と招かれた。普段管理している客室なのに女性の家に上がるときみたいに緊張する。おかしな邪念を振りほどき、パソコンを載せた机の隅に夜食を置いた。

「なんですそれ？」

「焼きうどんです」

「焼きうどん！　食べ応えがあって、私、大好きです！」

夜中なので麵の量は少なめに、野菜は多めに入れている。千歳は手を合わせると、大量のキャベツをばくりと豪快に口に押し込んでいった。惚れ惚れするような気持ちのいい食べっぷりだった。

「おいしーっ！　甘辛な味付けがクセになりますね！　疲れも吹っ飛んじゃいそう！」

「そういって頂けると作った甲斐がありました」

千歳が食べている間にパソコン周りに散らばった栄養ドリンクの空瓶を回収していく。これまた懐かしい光景だ。文筆業の人間は栄養ドリンクの好みも似通うらしい。缶と瓶を袋に分けて入れていると、視線を感じた。

千歳が愛文を見上げていて、困ったような表情を浮かべていた。

「しいたけが苦手なの知ってるくせに」

大きく肉厚に削ぎ切りされたしいたけが、ほかの具材に隠されるようにして投入されていた。あるとわかると箸を付けてくれないと思ったのだ。千歳は言葉とは裏腹にぱくぱくと口の中に放り込んでいく。美味しそうに頬を膨らませて「んーっ」と堪らず呻いた。

「コレもすっごく美味しいです！」

「はい……」

千歳がしいたけが嫌いだという話は聞いたことがない。

矛盾する言動が愛文の予感をいよいよ確信へと変えていく。

千歳が箸を置く。平らげたお皿をトレーに戻し、ごちそうさまでした、と頭を下げた。

「おかげさまで、もうひとがんばりできそうです」

「無理はなさらずに」

疲れがにじんだ顔つきにもわずかに上気した頬がこの胸を高鳴らせる。喜んでもらえて、助かったと感じた。夜食の差し入れを口実に一方的に昔を懐かしんでいたことにある種の罪悪感を覚えていた。自分だけが嬉しいのは相手を利用するみたいで心苦しくもあったのだ。

「何かしてほしいことがあったらいってください。できるかぎり協力しますから」

「オーナーったら、お母さんみたい」

千歳がそういって笑う。

泣きそうなほどに胸が詰まった。

＊

二月。寒波の影響で今年一番の寒気に襲われた。さらに、冬型の気圧配置が強まり日本海側は雨の日がつづいた。凍えるような寒さと、静々と降りしきる雨が、ひとびとを屋内に押し込めた。

ここ『レテ』のロビーラウンジでも、暖炉の前を多希と千歳が占拠して身を寄せ合っている。窓を叩く雨音に耳を傾けて、暖炉の火をうっとりと眺めていた。

「外は雨でも、こういうふうに火を見て過ごしているとなんだか幸せって気分」

多希がえらく達観したことを口にした。まったくそのとおりなのだが、子供のうちはまだ外に遊びにいけないことを嘆(なげ)いていてほしい。早熟しすぎて年々おばあちゃんみたいになる多希が、愛文は背後から見ていて少し心配になる。

千歳も多希の後頭部を直視していた。愛文とは異なり、興味があるのは髪の毛のようだった。引き寄せられるようにそっと触れる。

「多希ちゃんって髪の毛多いんだね」

「千歳ちゃん、結っていいよ」

「いいの？　ひとの髪いじるのって久しぶり」

千歳には五つ年下の妹がいて、子供の頃はよく髪の毛を結ってあげていたらしい。その感覚を覚えているからか、髪の毛を引っ張られているのに多希は少しも痛がらず、気持ち良さそうに身を委ねていた。

千歳が鼻唄を歌う。『虹の彼方に』。しかし、愛文の目にかつての母子の姿は重ならなかった。花さんは不器用で、ひとの髪を結うのが苦手だった。娘の髪をまともに結えたこともなかったかもしれない。ふたりはどちらかといえば、歳の離れた姉妹のようだった。

違うのだ、と理解する。

期待するのは間違っている。

ただもう少しだけ、――できることならいつまでも、こうした時間を見つめていたい。

ふと、千歳が振り返る。愛文と目があうと、何かをいいかけた。

「あの、……」

「はい？」

「いえ、なんでもないです」

花さんだったらきっと、「そんなトコにいないで近くに寄ったらいいじゃない。お父さんなんだし」と、娘の着替えを遠慮がちに遠くから眺めている自分を笑い飛ばすのだ。

千歳はそれきり振り返らなかった。

期待するのは間違っている。

彼女は花さんなんかじゃない。

*

三月。少しだけ暖かくなったが、気温上は二月とさほど変わらない。たぶん日が差す時間が増えたせいだろう。窓際を明るくする日光に春の訪れを感じた。

ずいぶん前に、料理をしているところを見せると、千歳と約束したことを本人から指摘された。正直覚えていなかったのだが、「食事は調理中からはじまっている」という愛文がもっている哲学まで聞かされたので、その手の話をしたのは間違いなさそうだ。

千歳のリクエストに応えてハンバーグを作る。千歳にも手伝ってもらうことにした。千歳としてもただ黙って見ているのは気が引けるようで、一も二もなく同意した。

予備のエプロンを用意すると、愛文が愛用しているエプロンをじっと見られた。

「いつもこのエプロンしてますよね」

「ええ。お気に入りなんです」

カラフルなエプロン。趣味ではないし自分には似合わないと思っていたが、着けているうちに段々と馴染んでいって、今ではコレでないと落ち着かなくなった。常連客にも、洗濯中にほかのエプロンを着けていると指摘されるくらいに浸透していた。もはや遠野愛文のシンボルカラーである。

「どなたから貰った物なんですか？」

貰い物であることを疑いもせず、何かを確かめるように訊いてきた。試す目つきに口の中がにわかに乾いていく。

千歳ももちろん気づいていた。違和感なら本人が一番つよく覚えている。どうして身に覚えのない出来事を知っているのか。その答えを探っていた。

「……妻から貰いました。『レテ』で働きはじめた頃に」

ほぼ毎日使っているので年季の入りようが違っている。油が撥ねて作ったシミは数知れず、同じくらいシミ抜きしたことで色も褪せていた。そこに愛文とともに歩んだ年月が刻まれていた。「無愛想なんだから恰好くらい愛敬がないとね」と花さんが選んで買ってきたものだが、使い込むほどにせっかくの愛敬も薄れていくようで、ある意味自分に似合いだと思った。

エプロンにまつわる記憶が次から次によみがえってくる。この汚れはあのとき付いたものだ。ここのほつれはあの瞬間に気づいたものだ。「律儀にそればっか使わなくてもいいんだよ？」と花さんは呆れていたっけ。服を替えるように毎日ほかのエプロンと使い回せばいいのに、といわれて、愛文はなんと答えたか。きっと、歯の浮くようなことをいったはずだ。あの頃の愛文は花さんにべったりだったから。

——一緒に居てくれる気がして嬉しいんだ。

いつかは人前に晒すだけで不快に思われるほどボロになる。その日がくるのを一日でも遅らせようと大事に使ってきたが、改めて見下ろすと限界は近そうだった。

「そろそろ替え時かもしれませんね」

そのとき、千歳の手が伸びてきてエプロンの生地を摑んだ。俯いた拍子に額を胸に押し付けられた。

「丸川さん？」

「少しこのままで」

何に感じ入ったのかはわからない。

ただ、花さんを悼んでくれているのは伝わった。

しばらくしてから身体を離すと、何事もなかったようにいつもどおりの態度に戻っていた。それからふたりで調味料と具材をあわせた挽肉を捏ね、タネを成形して焼いているうちにソースを作った。千歳が食べたがっていた和風ハンバーグだ。欲をいえばタネ作りの段階で数時間冷蔵庫で寝かせておきたかったのだが、上々の出来だったのでよしとした。

「私、普段は料理しないんですけど、いいものですね。料理って」

「調理から食事がはじまり、食べ終わるまでが料理です。いただきましょう」

まだ昼だがコレにお酒を合わせないのは奪った命への冒瀆である。肉にはやはりワインが合う。多希が学校にいっているのをいいことに、大人たちは贅沢な昼食を満喫した。


午後に二組がチェックインする予定だった。

客室の準備を終えて一階に下りてくると、玄関に千歳が佇んでいた。

フロントに指を這わせている。背後を振り返り、今度は下足箱に手をついた。そこにある傷や印をつぶさに確認していく。その目は虚ろで全体的に覇気がなく、なのにどこか身に迫る痛ましさが漂った。

移動する。厨房に向かい食堂へ。そこからスタッフ用通路に臆せず入り、多希の部屋へ。扉を開け中を覗いただけで閉めた。何を探しているのか。さらに奥へ。愛文の部屋の前で立ち止まる。愛文の——かつては夫婦の寝室だった部屋だ。ドアノブに手をかけただけで回すことはせず、扉の表面を爪でかくようにして力なく撫でた。

途方に暮れて立ち尽くす。

「……」

どんな言葉もかけられなかった。

彼女もまた、あのひとの面影を探しているのだ。

*

四月。

桜の時期だがペンションの周辺に桜が見られる場所はない。愛文も千歳も元々出無精で、四季折々の行事で外せないものがあれば、近場で済ませようとする性分だった。お花見も咲いている花なら桜じゃなくてもいいだろうという大雑把さだ。

ほかの宿泊客が行楽に出払った後、重箱をもって『レテ』の裏手の丘の上へ。【記憶の花】が美しく咲き誇る花園は、陽光を弾いてきらめき来訪者を歓迎した。

当初、桜で花見をしたがっていた多希であったが、九歳の女の子はまだまだ花より団子のようで、広げた重箱にすぐに夢中になった。手羽先にかぶりつき、タレまみれになった口をティッシュで拭いてやる。多希は照れ臭いのかくすぐったいのか顔をそらして逃げていき、しつこく追いかけると無邪気な笑い声を立てた。そんな他愛のないことがこの上なく楽しい。本当の、普通の、親子になれた気がした。

多希とこんなふうに過ごせる日がくるなんて思わなかった。

全部全部、千歳のおかげだ。

千歳と、彼女の中に残る記憶のおかげだ。

お腹が満たされた多希はレジャーシートの上に大の字にひっくり返り、そのまま寝入ってしまった。日は高くてぽかぽかと暖かい。あまりに気持ち良さそうだったので、少しの間なら風邪を引かないだろうと寝かせておいた。

「少し歩きませんか？」

千歳に誘われて、ふたりで花園の中を歩いていく。

花びらが風に舞い上がり、中空をきらきらと泳いでいく。

「キレイですね」

「はい……」

透明な花々が日の光を吸い込んで黄金色にかがやいていた。記憶を植えにきたひとびとは皆、ここを天国か極楽のようだと喩える。この世のものとは思えないということなのだそうだが、愛文には共感できなかった。なぜならここには地面があり、匂いがあり、——つまりは現実の手触りしかなかったからだ。墓標といったのはたしか渕上隆介だったか。その言葉には唯一同意できた。墓守として管理してきた身としては幻想に逃げ込むをよしとできなかったのだ。

ここは現実で、現世で、死者はいない。

いつか多希が熱を出したときには花さんが化けて出てきてくれたのかと思ったが。

目の前にいるこのひとを幽霊だと認めるわけにいかなかった。

「キレイだけど、なんだか寂しい感じがします」

ほら。感傷的なその呟きは、感受性豊かな千歳らしい。花さんは「キレイね。死んだらここに骨を埋めたいくらい」と本気とも冗談とも取れることを口にしていた。さすがに骨は埋められなかったけれど。あのひとはここを賑やかだと評した。

ふたりは違う。

千歳は、花さんではないのだ。

「オーナー、私に何かいいたいことがあるんじゃないですか？」

そう促され、覚悟を決めた。

この数ヶ月の間、ずっと心に留めていた疑問をついに口にする。

「記憶を引き継いでいますよね？」

千歳から振ってきたのである。誰の、といわずとも伝わった。

千歳は先行して歩き、表情を隠したまま小さく頷いた。

「以前、澤さんって方が宿泊されたときに教えてもらったんです。『レテ』にはどうして『記憶を奪う』なんていう都市伝説があるのか、その理由を。澤さんは前オーナーの萬治さんて方が創作したなんていっていましたけど、作り話じゃなかったんですね」

澤龍幸は最後に夢オチを語って誤魔化していたが、千歳も今なら本当のこととして理解していた。

「夢を見るんです。知らないひとになった夢。私は普段使わない万年筆を使って執筆していて、傍らにはいつも今よりも少し若いオーナーがいるんです。私はオーナーを『あい君』って呼んで、オーナーは私のことを『花さん』って呼ぶんです」

それがどんな内容だったのか知りたいと思った。できるならば思い出話に花を咲かせたかった。ふたりだけの思い出は、共有する片方を失ったとき、声に出して語る時機までも奪われる。あるいは二度と口にしなくなることだってある。喪失感は圧倒的な存在感を片隅に残す。愛するひととの思い出を抱えたまま生きるのは忘れてしまうよりも孤独を植えつけた。

「……花さんが記憶を取りだしていたなんて全然知りませんでした」

「そうでしょうね」

「どんな記憶を引き継いだんですか？　花さんはどうして記憶を残したんですか？　どうして貴女がその記憶を引き継いだんですか!?　一体どうやって!?」

感情を抑え切れなかった。千歳に宿った故人の思い出に問いただす。

「ねえ、花さん……」

「私は花さんじゃありませんよ？」

千歳が振り返る。

頰を伝う涙に、愛文ははっとした。

「『レテ』に泊まるたびに知らない記憶があふれてくる。同じ景色の中に違う時代の貴方がいた。私をずっと支えてくれて、花さんをずっと愛していた。伝わってきたよ。このひとのこと好きなんだなって。私に優しくしてくれて、私に笑いかけてくれて、なのに貴方は私を花さんって呼ぶの……！　千歳とは呼んでくれないの……！」

夢と現実とが混濁する。花さんの記憶と千歳の見ている景色とが絡まっていく。心までもが上書きされて、いよいよ千歳は錯乱していく。

「貴方が好き。あい君が好き。どんどんあい君を好きになる……！　でも、この感情はちゃんと私のものですか!?　花さんの記憶にある貴方は、私が見てきた貴方じゃない！……最近の貴方は記憶にある貴方に瓜二つだった。でもそれも、私の中に花さんがいたからでしょ……？　貴方は私を見ていない……！　ずっと花さんを見てきたの！」

「ち、違います。それは違う！　貴女は花さんじゃない！　たとえ記憶を引き継いでいてもふたりは赤の他人です！　他ならぬ僕がいうんです！　貴女は、貴女は……」

「私？　私って、誰ですか……？」

足許に広がる花々が一斉に風に煽られた。

さわさわと揺れる。捨て去られた記憶たちまでもが愛文を責め立てる。

「貴女は……、丸川千歳さん……です」

わかりきった答えをいうのに数秒の間を要した。

その数秒の間が致命的なものであると知りながら。

千歳は能面のような顔つきで、無理やり口角をもちあげた。

＊

寝ていた多希を起こし、ふたりで後片付けをして、夕方前には花園を引き払った。客室で寝ている多希には、千歳は気分が優れなくて先にペンションに戻ったと話しておいた。多希だろうからしばらくそっとしておいてあげなさいと言い含めて。

行楽に出ていた宿泊客も帰ってきて、接客と夕食の調理で忙しくなった。体を動かしていられるうちは余計なことを考えなくて済んだ。くたくたになるまで働き、二二時になってようやく業務から解放された。

意識を切り替える。問題に向かうにあたり、まず整理しておくべきことがある。花さんが生前残した【記憶の花】について、一体どこで誰が管理していたのか。なぜ愛文はそのことを知らなかったのか。なぜ秘密にされていたのか。

答えを知る人物はひとりしか思いつかなかった。フロントの引き出しから使い古された連絡帳を取りだす。最後のページに記された前オーナーの携帯番号に、愛文の携帯から掛けた。

三コール目で相手が出た。はい、と応答した声は寺内(てらうち)萬治のものだった。

「ご無沙汰(ぶさた)しております。遠野愛文です」

『うん。久しぶりだね。君から電話してくるなんて珍しい。何かトラブルかな？　ペンシヨンのことなら好きにしてくれて構わないよ。もう君に譲ったようなものだしね』

前オーナーといっているが建物の所有権はいまだ萬治がもっている。愛文は物件を借り受けて商売をさせてもらっているに過ぎない。

『レテ』を取材して以来、すっかり『レテ』を気に入った花さんはこの土地への移住を決めた。愛文にも「創作料理がしたいなら『レテ』で専属シェフになればいいよ」と勧めてくれ、当時オーナーだった萬治は一家ごと温かく迎え入れてくれた。

恩義は感じている。だが、多希が記憶を奪われるまで噂の真偽をうやむやにされていたことについては複雑な感情を抱いていた。多希の記憶を元に戻す方法を探しにイギリスへと旅立ったのが五年前。この五年間、ろくに連絡をしてこなかった。どこをほっつき歩いているのか、と澤龍幸が小言を口にしていたが、愛文も同じ思いだった。

「いま一体どこに？」

『イギリスさ。ふむ。声が硬いな。真面目な話かな？』

電話越しに思わず頷いてしまったが、萬治は見えていたかのように『そうか』と相槌を打った。『【記憶の花】に関することかな？』

「そうです。お聞きしたいことがあります」

『だったら先にこっちの話を聞いてほしい。近々日本に戻る予定だ。そのときに話そうと思っていたんだが、ついでだ、いま話そう。つい先日、とある女性が亡くなった。僕の幼馴染みでね、「あの部屋」の元の主だったひとだ。こういう言い方が適切かどうかわからないが、記憶を奪う妖精の最初の被害者さ。彼女は幼い頃、自分自身のことをほぼ全部、数年掛かりで消失させていった。あとに残された透明な花、聞いていたおまじないの話、彼女の症状から僕は呪いの有無を突きとめた。僕の人生はそこからはじまったといってもいい。まあ、こんな話はどうでもいいんだ。要するに、僕にとって「動機」の一つが天国に旅立ったということさ』

イギリスに渡ったのは『あの部屋』の秘密を探ることともう一つ、老衰で病に伏した幼馴染みを看病するためでもあったと萬治は話した。萬治が移築してまで『あの部屋』を手放さなかったのは、幼馴染みが奪われた記憶を本人に返すためだったのだ。

自我すら崩壊してしまった幼馴染みはその後過酷な人生を辿ったらしい。

『だが、彼女は本来の自分を失っても新しい自分をゼロから作りなおしていった。人よりは少し遅れたが、彼女も彼女なりに幸せな人生を送れたように思う。もしいま記憶を取り戻していたらせっかく作った人格まで壊していたかもしれない。だから、間に合わなくてもよかったのではないかと少し思っている』

多希ちゃんもそうだとはいわないがね――、と愛文の反駁を先回りして打ち消した。

まあいい。多希のことは今は置いておく。萬治の感傷にもある程度理解を示し、お悔やみの言葉を掛けてから、愛文は本題を切りだした。

「花さんが死ぬ直前に『あの部屋』を使ったのは知っています。でも、【記憶の花】は現れなかったはずです。萬治さんご自身がそういっていました。覚えていますか?」

『覚えているさ。その口ぶりからすると、誰かに花君の記憶が譲渡されたんだね？』

「やっぱりご存知なんですね？　どうして僕に嘘を吐いたんです⁉」

『いえば、君がほしがるのはわかっていたからね。黙っていたんだよ』

花さんが残した記憶なら是が非でもほしいに決まっている。彼女が見て、聞いて、感じたものを、その生涯を、ほんの一部でもいい、記憶に上書きできたならどれほど心は満たされただろう。その権利は愛文にこそあったはずだ。逆にいえば、愛文と多希以外に花さんの記憶を引き継ぐ資格のある者はいないといえた。

どうして丸川千歳だったのか。

『誰に譲渡されたかなんてわかりようもないが、少なくとも君でないことは知ってる』

「どういうことです？　【記憶の花】が相手を選んだとでもいう気ですか？」

『いや、花君の意思だよ』

萬治は花さんとある賭けをしていた。五年前、花さんが難病で余命幾許もないことを萬治に打ち明けた後、ふたりの間でこんなやり取りがあったらしい。

「お願いよ、寺内さん。『九番目の客室』を使わせてちょうだい。噂の真相をはっきりさせたいのよ」

「君も懲りないねえ」

都市伝説の噂を信じて移住までしてきた花さんの熱意を、萬治は買ってはいたが、既存利用者の紹介がなければ使わせないというルールを破るわけにいかなかった。呪いが強力なだけに軽率に扱ってはならないと厳しく自戒し、興味本位の相手にだけは絶対に使わせまいと考えていたからだ。

だが、萬治も人の子である。これだけが心残りだと訴える病人を無下にできなかった。

「ならば、賭けをしよう」

萬治は『九番目の客室』の使い方と、抽出された記憶を他人に譲渡できることまで説明した。花さんが『九番目の客室』を使用するには、譲渡する相手を明確にしたうえで記憶を取りだすこと、そして萬治に立ち合わせ結果を見届けさせることを条件とした。

これまで利用してきた宿泊客にはどうしても頼めなかったことだ。大抵は嫌な記憶を忘れたがり、自分を苦しめてきた記憶をあえて他人に譲渡したいと思う人間はいなかった。

それに、捨てただけの記憶に意思は宿らないが、最初から誰かに宛てた【記憶の花】であればそのひとの元に届くかもしれない。生半可な思いではない。遺言ほど強い思いなら面白い結果を生みだすのではないかと期待もできた。

「ただ忘れるだけではもったいない。やるからには実験に協力してもらうよ」

「寺内さん。それもう、都市伝説が本当だって白状してるようなものだよ?」

「賭けだからね。これくらいベットしないと。僕が見たいのは結果さ。花君が誰にどんな記憶を引き継がせるのか興味深いよ」

「本当に引き継がれるの？　お花が勝手に動くの？　信じられないんだけど」

「僕だってそれは同じだ。だからこそ実験するんだ。僕のどうでもいい記憶じゃ限界がある。記憶とともに大切な思いが乗っかった花であれば奇跡は起こせるんじゃないかな」

「奇跡！　ロマンチックね！　私、そういう話好きよ！　そうね――、うん。決めた。これで奇跡が起きたらたぶんみんながハッピーになるわ。私も含めて」

「ほう？　では、どんな記憶を取りだすつもりで？」

花さんは苦笑して、「多希にはあい君がいるから安心してる。じゃあ、あい君には？　あのひと、無愛想だし社交的じゃないから結構誤解されがちなんだよね。私みたいな理解者がそばにいないと彼の今後が心配なの」と愛文の先行きを案じた。

記憶を引き継いだひとには彼を好きになってほしい。

「私の分まで大切にしてくれると嬉しいな」

そういって、涙を浮かべて笑ったという。

『花君が抽出した記憶は【あい君の良いトコロ】』

「……」

思わず天井を見上げた。そうでもしなければ込み上げてきたものを抑えることができそうになかった。死んだ後のことまで考えて、頼りない夫を心配して――君は本当にしようがないひとだ。

都市伝説を頭から信じきっていたわけではないだろうが、叶うならこれがいいと迷いもなく提示した。死んだ後でも夫を尻にしくつもりでいたとは恐れ入る。そして、それを愉快だと笑う自分はどうしようもなく彼女のことが好きだった。

花さんが見つけた愛文の【良いトコロ】は、やはり自分こそ引き継ぐべきだと思う。

『花君の【記憶の花】は床下収納に隠しておいた。花君が想定したひとが『レテ』に訪れたとき、そのひとに記憶が譲渡されるようにと願いを込めて』

花さんが亡くなるまでの数週間、愛文を見るときの眼差し(まなざし)に変化があったことを思いだす。病気で顔つきが変わったからだとなんとなく思っていたが、あのときすでに花さんから愛文に関する記憶は失われていたのだ。直筆のメモや写真、萬治のサポートもあって愛文が夫だということを理解してはいたのだろうけど、その視線は明らかに他人を見るときの目つきであった。

『僕は人でなしだよ。そうまでして取り戻したい記憶があったんだ』

花さんの最期を思うとやるせなくなる。天国へは愛文との思い出ももっていってほしかった。だが、それを選択したのは他ならぬ花さんだ。萬治ばかりを責められない。

「記憶を引き継いだひとは苦しんでいます。花さんの記憶を知って混乱しています」

責められないが、その言葉に少しだけ嫌みを含ませた。夫に内緒で妻とはかりごとを巡らせていたことにも嫉妬(しっと)を覚える。仲間はずれにされていたような寂寥(せきりょう)感も。

意趣返し(いしゅがえし)のつもりで放った言葉に対し、しかし萬治は的確に痛いところを突き返した。

『そう。それで、君はどうしたい?』

「え?」

その瞬間、覚悟を問われた気がした。

千歳を苦しめてまで花さんの記憶を後生大事にしていくのか。それとも――。

この「それとも」の後を、今の今まで考えもしなかった。

萬治は人でなしを自認するだけあって余計な一言を付け加えた。

『花君は、自分の記憶を引き継ぐのは「あい君を好きになってくれるひと」にするといっていた。――どうする？　君はどっちを取る？』

＊

一晩中考えた。考える端から花さんとの思い出が脳裏をかすめた。

共有する思い出を一つずつ取りだしてみても、彼女の良いトコロは列挙できても自分の魅力が足される出来事は皆目見当たらなかった。事あるごとに「あい君には良いトコロがある」と幼い子供を諭すように褒め讃えてくれたのは、愛文にとってくすぐったい思い出であると同時に、真に受けるほど子供じゃないぞと反発も感じていた。振り返ればその態度こそ子供じみていて恥ずかしく、恰好わるいことこの上ない。一体どこら辺が【良いトコロ】だというのか。

花さんの目に僕はどう映っていたのかな。

何を見て、何を思い、どう生きてきたのか。記憶とはそこにいたことを証明する息遣いだ。五感と感情を刺激し、そのときと今が連続していることを確認する足跡だ。人格を形成し、ひとを「その人」たらしめる構成要素だ。

すなわち生きざまであり、魂の一部である。

他人の記憶が植え付けられるということは、魂への侵略を意味した。少量であれば逆に取り込み糧とできるが、人生観を揺るがす経験は元の人格を破壊しうる。千歳の身に起きているのはそういうことなのかもしれない。

もしそうなら、一刻の猶予もない。

一晩中考えて、……愛文はまだ結論を出せずにいる。

早朝から平岡惣太が手伝いにきてくれた。

朝食の支度をしているところへ厨房に入ってきた惣太は、表で配達員から預かってきた郵便を愛文に手渡しながら、緊張した面持ちで『虹の会』を辞めることを告げた。去年から惹かれていたパティシエを目指すとついに決めたのだ。

「……板前になる夢は、もう?」

惣太はやや屈託した表情を浮かべた。

「はい。もう親父を追いかけることはやめます。でも、親父はきっと俺が思い出に縛られるコトを望んじゃいないと思うんです。俺も自分に子供がいたら多分そういうだろうし。自分勝手な想像かもしれませんけど」

確かにそうかもしれない。愛文とて一児の父だ。我が子には好きなように生きてほしい。

その結果として幸せになってほしいと願う。惣太の父ならばきっと同じ思いだろう。

いいや、親子でなくたって。

「……」

惣太は来月から『虹の会』の紹介で隣町にある洋菓子工房で働くことになる。「お世話になりました」と頭を下げる惣太の顔つきは、一抹の寂しさと、それ以上の情熱を湛えていた。

朝食の仕込みを終わらせたところで、惣太がもってきた郵便を開いた。

差出人には淵上隆介と、絵梨の名前が、連名で記されてあった。便箋には再婚の報告がしてあった。

そうか、と。ただ静かに受け止めた。この郵便が今朝届いたことに何がしかの見えない力を感じ取った。天命か。単なる巡り合せか。何にせよ、決意を固めるには十分すぎる後押しになった。

記憶を失くしてもなお残るものはある。

＊　＊　＊

今日も『記憶』を夢に見る。花さんが残した『記憶』を観る。

お茶といえばお茶が出た。メシといえばメシが出た。至れり尽くせりで大満足。あい君は不満顔を一切隠そうともしない。でも、出された料理を褒めてあげると、ぱたぱたと勢いよくしっぽを振っていた。わかりやすい。可愛（かわい）らしい。楽しい。愛（いと）おしい。そんな彼だから一緒にいられて幸せだった。多希と三人になっても相変わらずの暮らしが待っているのだと信じていた。

　病気といったら泣いていた。こっちは泣いていないのに、自分が死ぬみたいにわんわん声を上げて嘆（なげ）いていた。告知を受けた患者より家族のほうがダメージを負うというのはよくある話。これから病気と闘っていこうっていうのにそういった周囲の悲観モードは本人の気力まで奪ってしまうから普通はオススメされない。でも、逆に火がついた。私が死んだら悲しむひとがいる。絶望に打ちひしがれて、もしかしたら後まで追ってくるんじゃないかと心配になるくらい。だったら、治すしかないじゃない。あい君を死なせないためにも私は生きなきゃ駄目なんだ。

　わがままをいった。普段からわがままをいっているけど、それは置いておいて、結構大きなわがままをいった。お気に入りのペンション『レテ』の近くに移住したいとお願いした。取材しそこねて心残りがあるのだと押し切ると、あい君はすぐに了承してくれた。自然豊かな場所は療養にいいと聞くし、東京にいるよりも実家が近くなるので反対される理由がなかった。でも、本当の狙いは別にある。『レテ』はあい君の夢——創作料理を作るシェフになるという夢が叶えられる場所だと思ったのだ。オーナーの寺内萬治はお世辞にも料理が上手とはいえず、いつも『虹の会』からヘルプを呼んでいた。専属シェフを雇えばいいのにというと「こんなトコに就職したがるひとなんていないよ」と他人事みたいに笑っていた。だったら、あい君を雇ってよ。とっておきの切り札「最後のお願い」。大抵のひとはこれで折れる。萬治も根負けしてあい君を雇ってくれた。味を占めた私は、そのあともバンバン「最後のお願い」を駆使していった。

動物園にいった。水族館にいった。植物園にいった。遊園地にいった。映画館にいった。温泉に入りにいった。動けるかぎり思い出を作っていった。舞台脚本をいっぱい書いた。小説も書いてみた。多希のために書き溜めた。あい君の夜食が好きだった。あまり食べられなくなったのが悲しかった。エプロンをプレゼントした。あい君に似合いそうにないカラフルなエプロンだ。でも、いつか似合うようになったとき少しは愛敬がつくんだろうか。その姿を私は見られるのだろうか。想像すると涙がこぼれた。大喧嘩した日があった。たくさん笑った日があった。いっぱい泣いた日もあった。あい君に甘えて、あい君を慰めて、あい君と日常を彩った。

すべて君とともにあった。

これからも君とともにありたいと思った。

そうして、花は「最後のお願い」を萬治にする。

伝えたい言葉はこうだ。

あい君を好きになってくれるひとへ。

私の分まで好きになってください。


目が覚める。今日まで一通り見てきた夢が、一つの物語として帰結した。花さんとあい君のラブストーリー。どれだけヒロインに感情移入してみても、自分がヒロインになれるわけではない。夢でも現実でも私は私、傍観者。この物語に私はお呼びでないのである。

でも、この『記憶』の意図するところを汲み取った。

枕元にいつも現れる透明な花。千歳が寝ている間に多希が飾ってくれているものと勘違いしていた。あなたが花さんだったのね。

植木鉢をもって客室を出る。

本当に望んでいるひとの元へ返すときがきた。

＊　＊　＊

廊下でばったりと出くわした愛文と千歳は、互いにもっている物を確認しあって目を丸くする。千歳の手には植木鉢。愛文の両手にはスコップと軍手がそれぞれ握られていた。

あまりのタイミングのよさに思わず笑ってしまった。

「行きましょうか。丸川さん」

「はい。オーナー」

記憶の花園に向かう。天気は生憎の曇り模様。透明な花たちも今日ばかりは首を垂れて沈んでいるように見えた。降りだす前に【記憶の花】を植え替える。

「これが花さんの……」

植木鉢から取りだすのを躊躇っていると、千歳がからっといった。

「私、花さんの記憶を見ていてずっとお二人に嫉妬していました。何だか頭に来ちゃって。このままじゃいけないなって思ったんです。私は私だけの力でオーナーの魅力に気づきたかった。だから、ここにこうして」

愛文がもつ植木鉢から【記憶の花】を取りだし、掘った穴に根っこから埋めていく。優しく包み込むように。愛文も千歳にならって土を均していく。

「僕もこのままじゃいけないと思っています。花さんは五年前に亡くなっています。それはどうしようもない事実なんです。この上、丸川さんまでいなくなるのは……嫌です」

植え替える手が重なった。軍手の上からでも温もりは伝わった。

明言せずともお互いに考えていることがわかった。

「今夜」

「はい」

色も艶もない逢瀬の約束を嘆くかのように、雨粒が花々を濡らしはじめた。

　雨は朝から降りしきり、夜半すぎまで止むことはなかった。

『九番目の客室』に入る。寝間着姿の千歳が布団に入り、愛文は椅子を寄せてベッド脇に座った。膝に両肘を乗せて、その手に土だけを入れた植木鉢をもっている。

「始めましょう。ね？」

　千歳の労る口調に、自分がどんな顔をしているのか知った。うまく笑えない。顔の筋肉が痙攣して表情が固定しない。

「誰にも継がせるつもりありませんから。花さんの記憶は花さんだけのもの。ちゃんとお返ししないと。こんな素敵な記憶だもの。花さん今頃、天国で寂しがってます」

　今さら「待って」とはいえなかった。

「あい君の良いトコロ一〇〇個あるんで長くなりますよ。聞いていてくださいね。まず一つ目。初めて会ったとき、実家のお店にアルバイトで入ったあい君が私を見てオドオドしていたこと。あー、人見知りなんだなーってわかった。それが一つ目」

「なんですか、それ」

「可愛いと思ったんだそうですよ」

　千歳が悪戯っぽく笑う。花さんに笑われているようだった。

「二つ目、部屋で作業してたらゴハン作ってもってきてくれるところ」

「……作ってと頼んできたのは花さんなんですよ」

「三つ目、いうことなんでも聞いてくれるところ」

「まったく。横暴って言葉を知らないんだから」

　溜め息の中に笑みが混じる。だんだんと思いだしてきた。花さんは出会った当初から遠慮がなくて、人見知りしていた愛文につきまとってきたのだ。

「四つ目、差し入れの料理の中にこっそり私の苦手なものを入れてくるところ。私に何かいわれて腹立ったらそういう陰湿なことしてくるの。意外だったけど面白かった」

　愛文もそのやり取りが好きだった。子供が意地を張っていただけだが、そういう触れ合いもあるのだと知った。

「五つ目、お父さんに気に入られていたところ。六つ目、お母さんに気に入られていたところ。七つ目、お兄ちゃんに気に入られていたところ。八つ目、お店を好きになってくれたところ。九つ目、うちのお店を本気で継ぎたいと思ってくれたところ。嬉しかったな。でもまだ若いんだし、人生決めるの早すぎると思って東京に連れだした。十個目、私と一緒に住んでくれたところ」

　それは、物語だった。花さんと過ごした日々を綴った物語。散らばった宝石の欠片を探しだすみたいに、思い出の中から愛文の良さを見つけていく。

　花さんが見つめていた愛文の物語だ。

「――十四個目、好きだといったら顔を真っ赤にしたところ。やっぱりうぶだった」

　そりゃそうだ。初めての恋人は君だったのだから。最初で最後の恋人だったのだ。

「――二十一個目、神経質なところ。お金に関しては特にうるさかった。一円単位でお財布の中身をチェックするんだもん。細かいなーってちょっと呆れた。でも、良いところ」

　切り詰めてやりくりしていたんだ。その苦労を少しは知ってほしかったな。

「――二十六個目、わりと頑固なところ。大抵のことなら折れるのに、変なスイッチが入ると絶対に引かないんだよね。わけわかんなかった。でも、そういうところも愛敬かなって」

　わけわからなかったのはこっちも同じだ。どうでもいいことには執着するのに、大事なことには適当だった。こっちに丸投げされてついムキになってしまったことがある。まったく。文句ならこっちだっていいたいよ。でも、そんな花さんも花さんらしくて好きだった。

「――三十個、自分の将来の夢を語ってくれるところ。私に相談して、一緒にどういう形態のお店にしようかとか考えたよね」

「うん。僕のわがままを聞き入れて真剣に考えてくれた」

「料理に関しては自信満々なのに、それ以外のことになると弱気になってた。そういうところが愛らしかった。守ってあげたくなるんだ」

「守ってもらってばかりだった。花さんは良い姉さん女房だったよ」

　千歳が薄く笑った。笑ったのは彼女なのか、それとも花さんだったのか。

　楽しい。共有する思い出を当事者同士で語り合っているみたいだ。もう望めないと思っていたのに。千歳の口を借りて、花さんとの記憶を辿る旅はまだまだつづく。

「三十一個目、お酒があまり得意じゃないところ」「三十二個目、私の舞台を観にきてくれるところ」「三十九個目、早起きなところ」「四十一個目、家事してくれるところ」「四十三個目、キレイ好きなところ」「四十四個目、なのに一箇所掃除し忘れてたりして抜けてるところ」

次々に相槌を打っていく。長所も短所も聞いてて背中がかゆくなるが、好きだと肯定してもらえるのは嬉しかった。

思い出話に花を咲かせて、時間がぼんやりと過ぎていく。

「――五十個目、多希のお父さんになったこと。当たり前なんだけど、でも、子供の父親があい君で本当によかったって思った。嬉しかったんだ」

「僕もそうだよ。多希のお母さんが君で本当によかった」

微笑んで「五十一個目――」と千歳はいった。人生がつづいていく。

半分を折り返した瞬間、唐突に悟った。千歳が一つ唱えるごとに奇跡が解けていっているということに。一つ、また一つ、思い出が消えていく。記憶が消されていく。それは別れの言葉だった。一つ一つがサヨナラだった。彼女が好きを唱えるたびに、サヨナラを告げていく。彼女だったものが千歳の中から飛び立っていく。

――よくいうじゃないですか。『人は二度死ぬ』って。一度目は肉体の死で、二度目は記憶からの死。一人ずつ忘れていって誰からも思いだしてもらえなくなったとき本当の死が訪れる、っていうやつ。

愛文は決して忘れない。でも、正真正銘花さんの記憶はこの世からいなくなる。

花さんが死んでいく。

「あ……」

「——七十五個目、私が病気だっていったら泣いてくれたトコ」

目の前にいるひとがいなくなる恐怖。闘病しようと気負い立っているのに水を差して、死なないでほしいと泣きじゃくった。あのときの感情が蘇ってくる。涙がでた。堪えようとするとうなり声になり、後から後からあふれでて、止められなかった。

「七十六個目、『レテ』に行きたいといったら仕事やめてついてきてくれたトコ」

最後のお願いだったから。

「七十七個目、『レテ』のシェフになってくれたトコ。萬治さん、喜んでたよ」

最後のお願いだったからだ。

「七十八個目、私のわがままを全部聞いてくれるトコ。思い出作りにつき合わせちゃってごめんね？」

首を横に振る。そんなの謝る必要なんてない。

生きていてくれるなら、いくらでもわがままを聞いてあげられた。聞いていたかった。

花さんに、生きていてほしかった。

料理をするのが好きなところが好き。作った料理が美味しいところが好き。子供をあやすのが苦手なところが好き。なのに、多希を抱っこしたがるところが好き。笑顔が変なのが好き。泣き虫なところが好き。私を支えてくれるトコが好き。私が弱気になっても逃げずにいてくれるトコが好き。泣き虫なのに泣かないでがんばって私の看病をしてくれるトコが好き。私に無理して笑いかけてくれるトコが好き。

私と出会ってくれたトコが好き。

私と結婚してくれたトコが好き。

多希を愛してくれたトコが好き。

私を愛してくれたトコが好き。

そしてついに、「——一〇〇個」そのときを迎えた。

「……たぶんね、私が死んだあともきっと私を忘れないでいてくれるんだろうなって。そういうトコだよ、あい君。そういうトコが放っておけなくて、好きだった」

今の愛文に語りかける。五年前の花さんが告げている。

「大好き」

千歳も泣いていた。きっとそれは花さんの涙だった。千歳の体に乗り移って流した涙だった。本当のサヨナラを告げたから出てきた涙だった。

「僕も……花さんの全部が好きだった……」

千歳の瞼が落ちる。泣き疲れた子供のように、すうっと寝息を立てはじめた。傍らで嗚咽（えつ）する音が室内に静かに響く。

やがて一輪の花が咲き、窓から差し込む朝日にきらめいた。

（了）

湖畔（こはん）のペンションを視界に捉えた瞬間、裏手の丘の上にある花園に思いを馳（は）せるのはいつものこと。しかし、三年ぶりだったせいか以前ほどそこにネガティブな感情は抱かなかった。時間が空いたときに墓参できればいいか、と平岡惣太（ひらおかそうた）は自分でも意外な心持ちで湖畔を歩いていく。

ワイヤレスイヤホンからは、スマホから検索し動画サイトで再生した音声が流れている。二大文学賞と呼ばれるもののうち「大衆文芸」を対象とした賞レースの、受賞作家のインタビューを聞いていた。

——短編集という形態ではありますが、この表題作『ふたりのじかん』というタイトルは他の小話のテーマにもなっているかと思います。どういった思い入れがあってこの作品を書いたのかお聞かせください。

『ここでいう時間とは過去とか思い出を意味します。思い出って一人で思いだしているより、共有する誰かと思いだし語らっているほうが、より実像が浮かび上がってくると思うんです。そしてそれはその誰かとを結ぶ絆（きずな）になります。ひとと過ごす様々なひとときを抜きだして時間の大切さを表現したいと思いこの作品を書きました』

——ミステリー作家として名を馳せておりましたが、今回はミステリーではなく内容的には恋愛小説のような印象を受けました。このジャンルを書こうと思ったきっかけなどがあれば教えていただけますでしょうか。

『きっかけは担当編集さんに乗せられて、ですけれど。本腰入れて書きはじめたのはプライベートで衝撃的なことがあったからです。あ、結婚とか失恋とかそういうことじゃないですよ？　恋愛って何も人への恋だけじゃないじゃないですか。思い慕(した)うっていう感情は物にもペットにも仕事にも趣味にも出来事にも何にでも当てはまります。人間の原動力って結局そこなんだろうなって気づいたんです。好きになったらそこに全力投入して、そうして積み上げた時間を愛(いと)おしむんだと思うんです。それが恋愛なんです。で、さっきの答えと結びつくんですけど、その時間を誰かと共有できればなお素晴らしいなって感じて、そのことを書き表したいと思いました』

祝いのケーキ作りのヒントになりそうな単語を拾いあつめながら、惣太は足取りも軽く『レテ』の玄関を開けた。

ドアベルが鳴り、フロントに置かれた呼びだしベルを鳴らしてようやく、こちらに向かってくる足音が聞こえた。中からではなく外から。背後の玄関扉から姿を現したのは制服を着た女子学生だった。息を弾ませて「いら、っしゃい、ませ」となんとか口にした。

惣太と目をあわせると、女子学生は「わっ」と声を上げた。

「惣太君!?　惣太君だ！　わあ、懐かしい！」

「もしかして多希(たき)ちゃん？　大きくなったな！」

身長が百六十センチ台半ばを越えて、中学一年生にしてはかなり大きく成長していた。

しかし、えへへぇ、と照れて身をくねらせる仕草を見るにつけ、中身は小学生だったあの頃とあまり変わっていないようである。

「今日来るって聞いてたけど、ずいぶん早いんだね！」

「まあ、仕込みもあるしね。つか、多希ちゃんはなんで制服？　今日、日曜日なのに」

「部活の練習があるの！　もう行かなきゃ！」

表から慌てて飛び込んできたのは、自転車を押して今にも出発しようとしていたからだった。来客と知ればどんな状況だろうと駆けつけてくるサービス精神は、洋菓子店で売り子もこなす惣太から見ても見習うべき姿勢であった。お客様第一。頭が下がる。

「惣太君てば律儀だよね。勝手に入っても別にいいのに。前まで働いてたんだから」

首を横に振る。今では部外者だし三年も間が空いているのでさすがにそれは難しい。オーナーの愛文に取り次いでもらうよう頼むと、多希はフロントを迂回して厨房に入っていった。が、すぐに出てきて苦笑を浮かべた。

「料理に没頭しすぎててベルの音に気づかなかったみたい」

じゃあね、と外出しようとした多希を、今度は愛文が呼び止めた。厨房から出てきて、手にした四角い包みを高く掲げた。

「待ちなさい、多希っ！　お弁当！　もっていきなさい！」

「あ、え!?　それ作ってたの!?　もう、昨日いっていったのにぃ！」

文句を垂れつつも、その口元は嬉しそうに歪んでいた。愛文の手料理が美味しいのは誰よりも知っているのだから当然だ。……いや、親のお節介がこそばゆいのか。

照れ隠しか、弁当箱を鞄の中に乱暴に突っ込んだ。

「結衣ちゃん待たせてるの！　もう行くね！」

「クルマには気をつけるんだよ」

「わかってるぅー！　惣太君、また後でね！　お父さんも、いってきます！」

足のコンパスが長いため、たったかたー、と駆けていく速度が半端ない。たったの二歩で玄関から飛びだし視界からいなくなった。

「平岡君、お久しぶりです。たくましくなられましたね」

「愛文さんもお元気そうでよかったです。多希ちゃんは育ちすぎですが」

長身は愛文に似たらしい。愛文もどことなく嬉しそうに、

「まだ背が伸びているんですよ。まあ、本人は部活で活かせるからと喜んでいますが」

愛文はいつものカラフルなエプロンを着けていて、三年前とほとんど変わっていないように見えた。しかし、若干顔つきが柔らかくなったような……。いや、気のせいか。相変わらずの無愛想である。

「頼んでおいてなんですが、本当に大丈夫なんですか？　お店のほうは？」

「休みも許可も貰ってますし、まだまだぺーぺーなんで、俺ひとりいなくても大したことありませんよ。それに、俺だって丸川さんにはお世話になりましたから。お祝いできるならさせてほしいです」

文学賞を受賞した千歳がほぼ三年ぶりに『レテ』に宿泊する。受賞作品ではないが執筆

に協力してきた宿としては、彼女の成功は身内の出世を見るかの如くで、従業員総出でお祝いしないわけにいかなかった。

「丸川さんのチェックインの予定は一六時です。それまでに準備しなければなりません。できますか？」

「はい！」

惣太にとって成長した姿をお披露目するいい機会となった。逸る気持ちとわずかな緊張感とで思わず武者震いする。愛文は惣太の顔つきが良いほうに変化したとはっきり感じ取っていた。

厨房に入り、そういえば、と惣太は疑問を口にした。

「多希ちゃんってなんの部活に入ったんですか？」

愛文は道具を用意する手を止めて、感慨深そうに口にした。

「演劇部です」

千歳が三年ぶりにチェックインし、変わらない客室に安堵して、成長した多希と惣太に驚き喜んだ。ほかの常連や『虹の会』の従業員も呼んで祝賀パーティーを開き、笑い声は絶えなかった。

酒に酔い夜風に当たろうと外へ出た千歳についていく。

愛文と並んで花園のある方角を眺めた。林と夜闇に包まれてほとんど何も見えない。

「改めて受賞おめでとうございます。読みましたよ。『ふたりのじかん』」

「なんだか恥ずかしいですね。オーナーにそういってもらえると特に。あのお話はここで体験したことがベースにありますから。オーナーには全部見透かされてる気がします」

「いえ、少し嬉しくなりました。私は、──僕は『あの部屋』にいくら係わっても時間というものに対してあんなふうにはっきりと意識したことがありませんでしたから。見えなかったものに形を与えてくれたような気がして。すっきりしました」

恋をして、その時間を愛おしむ。思い出になる。──思い出にする。

忘れても残るものはあるのだと、千歳の小説には描かれていた。

「『あの部屋』は、その後お変わりは？」

「ありません。希望者には貸しますし、冷やかしには貸しません。前のオーナーが飽きないかぎり究明はつづきそうです」

それもいいか、と今では思う。必要とするひとはこの先もいなくならないだろうから。

「私、なんとなく覚えているんです。花さんのこと。花さんの記憶は全然思いだせないけど、花さんっていうひとがどんなひとだったのかなぜかわかるんです。もしかして、似た者同士だったから記憶を引き継いだのかも」

愛文は胸の高鳴りを感じつつも、平静を装った。

千歳の小説を通して解釈するならば、花さんの意思はまだ生きているのだ。

ほかでもない千歳がそれを描いた。

　愛文のことをどう思っているのだろう。

「三年掛かっちゃいましたけど、気持ちの整理がつきました。もう一度、『レテ』を好きになってみようと思います」

「あ、――え？」

　ふいに繋がれた手に驚いた。千歳が悪戯っぽく笑った。

　誰かに似ていた。

「これから新しい思い出を作っていけばいいんです。忘れたものを惜しんでいてもしかたないですし。あった事実は変わらずここに残ってますから」

　胸を押さえて得意げな顔をする。そのとき、千歳の鼻が、すん、とひくついた。不思議そうに周囲を見渡し、やがて愛文を見上げて「ああ」と声にだす。三年ぶりだったのでどうやら忘れていたようだ。

　エプロンに染み付いた花の匂いだった。

※この作品はフィクションです。実在の人物・団体・事件などにはいっさい関係ありません。

集英社オレンジ文庫をお買い上げいただき、ありがとうございます。
ご意見・ご感想をお待ちしております。

● あて先
〒101-8050　東京都千代田区一ツ橋2-5-10
集英社オレンジ文庫編集部 気付
山口幸三郎先生

君を忘れる朝がくる。

五人の宿泊客と無愛想な支配人

集英社 オレンジ文庫

2020年11月25日　第1刷発行

著　者　山口幸三郎
発行者　北畠輝幸
発行所　株式会社集英社
〒101-8050東京都千代田区一ツ橋2-5-10
電話【編集部】03-3230-6352
【読者係】03-3230-6080
【販売部】03-3230-6393（書店専用）
印刷所　凸版印刷株式会社

※定価はカバーに表示してあります

ISBN 978-4-08-680352-6 C0193